生命的奇幻旅程

啟迪心靈成長的6個故事

故事原創 堀貞一郎｜翻譯改寫 賴東明

〔主曲〕
六個故事
源於最上川與多治見物語

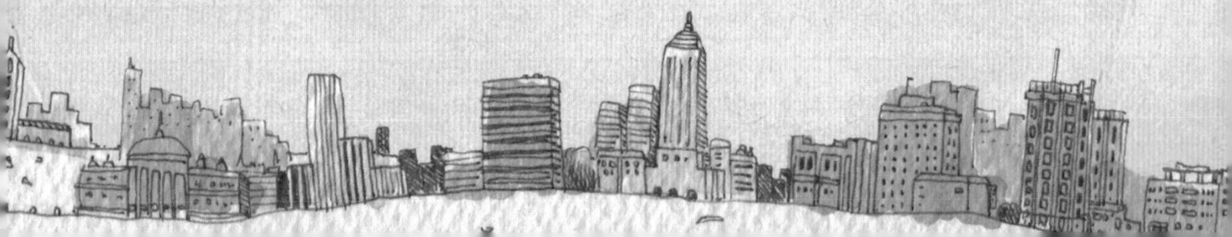

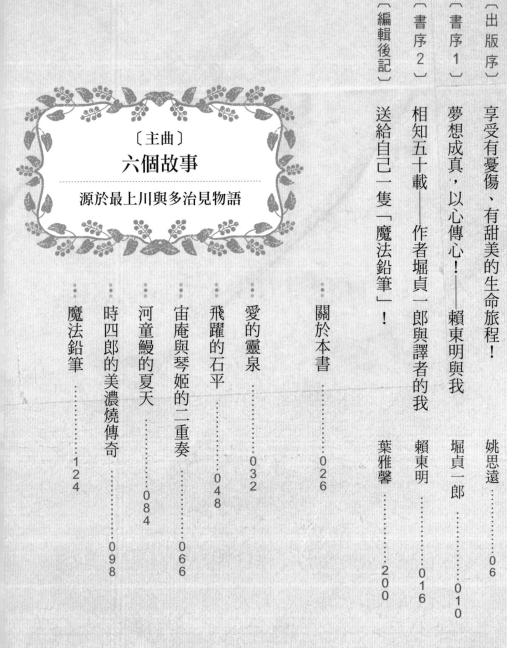

〔目錄〕Contents

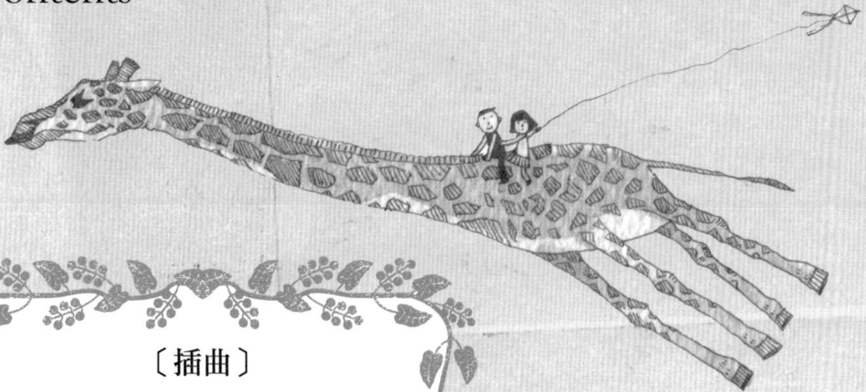

〔插曲〕
旅途有感
最上川與多治見的所見所聞

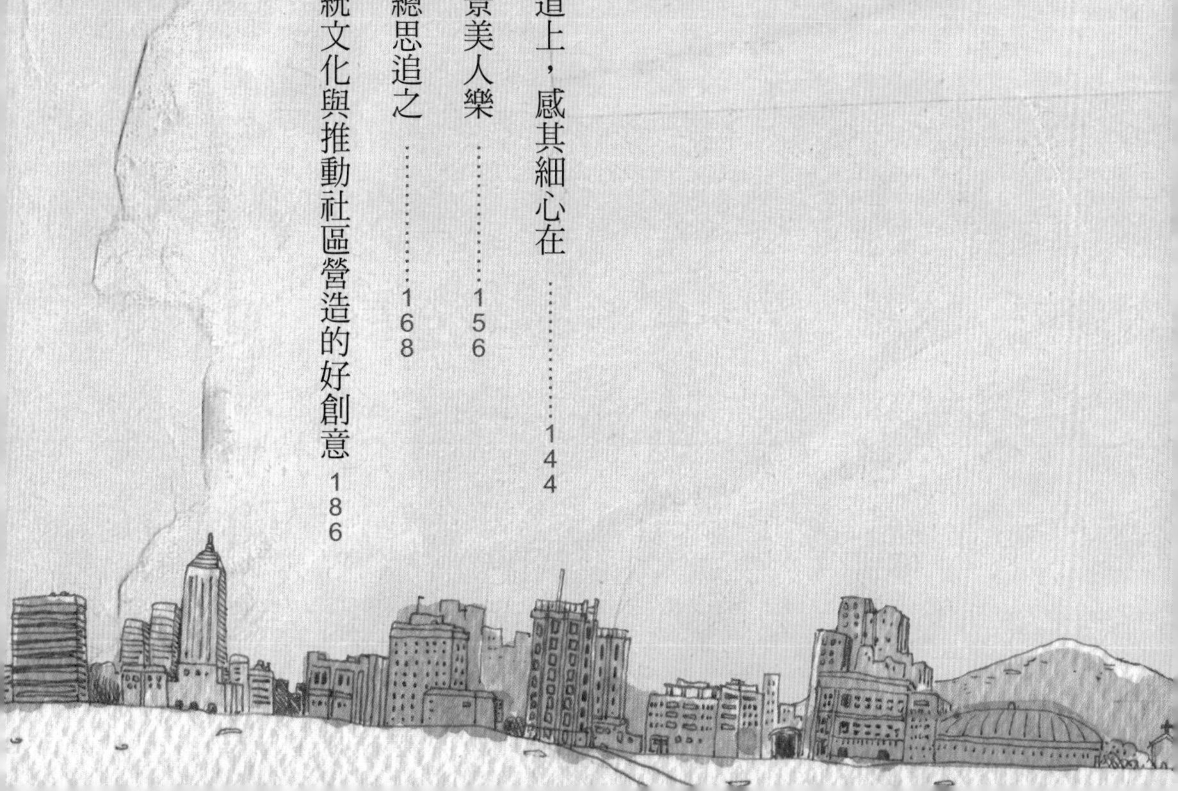

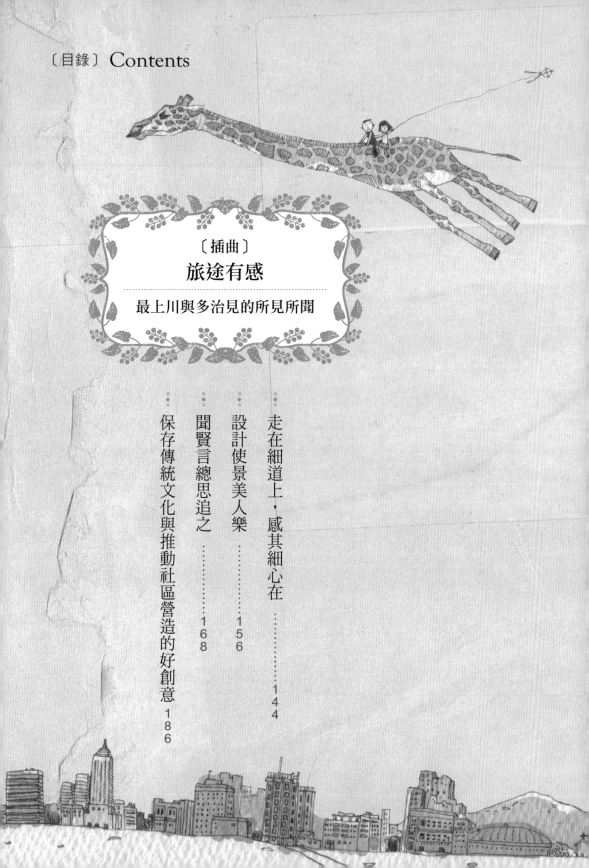

〔出版序〕

享受有憂傷、有甜美的生命旅程！

文／姚思遠（董氏基金會執行長）

堀貞一郎是全球知名的創意行銷大師，是日本大阪萬國博覽會、東京迪士尼樂園幕後的總策畫及關鍵人物。三十年前（一九八三年），他成功策畫迪士尼樂園到日本東京設置，這也是首座在美國境外成立的迪士尼樂園，自此他備受各界推崇，各種委託行銷專案及講演邀約不斷，但他仍勤於筆耕，出版了不少書籍，其中兩本具有心靈啟發的故事創作：《最上川物語》、《多治見物語》，董氏基金會在常務董事賴東明的引薦下，並經由他的翻譯改寫，成了此次我們出版《生命的奇幻旅程：啟迪心靈成長的6個故事》這本新書的主要部分。

賴東明董事長是資深的廣告人，素有「廣告教父」的美譽，他與董氏基金會有極深厚的淵源，從基金會草創時期，他與基金會創辦人嚴道博士一同推行戒菸運動，在二〇〇二年嚴道博士辭世後，他接起董事長的重責，協助基金會推動菸害防制、心理衛生、食品營養等各項業務，並為基金會發行的《大家健康》雜誌策畫許多內容，他一直心繫基金會的發展。退休後，經常搜集與日本相關的醫療技術、最新的保健常識，加上自己的生活經驗，在報章雜誌上發表文章與民眾分享，更出版了幾本好書，並曾得到新聞局中小學生優良課外讀物的肯定。

他與堀貞一郎是相識五十年的好友，此次他將好友在日本得獎的著作《最上川物語》、《多治見物語》，翻譯改寫，並加入自己到最上川、多治見兩地旅遊所見所聞的文章，匯集成這本書，《大家健康》雜誌很榮幸出版這本融入兩位大師級長者人生智慧的好書。

《生命的奇幻旅程：啟迪心靈成長的6個故事》這本好書，極富有童話故事的精彩元素，適合家長與孩子間的親子共讀，更適合學校做為生命教育的閱讀選書。這本書也是成人重新體悟人生的有感書，讓人體會不同的生命價值，享受有憂傷、有甜美的人生旅程！

〔書序1〕

夢想成真，以心傳心！
——賴東明與我

文／堀貞一郎

「光陰似箭」古人如是說。那已是五十年前的往事。

一九六三年電通公司（日本業績最大的廣告公司）向全國招募傑出人才，不問行業，組成了一個綜合企畫、提案策畫中心的嶄新單位。我一直從事於電視節目的演出，卻受到主要幹部小谷正一的指名，邀以參事資格加入該嶄新的單位，我懷著雄心壯志想在新的位子上，抱著夢想勇往邁進。

過不久，從臺灣來的研修生賴東明也加入了本部門（註一）。他聰敏、心善，又身材高挑、人帥，溝通略帶沙啞聲音，獲得了眾人的好感。我看重了他的人格，此後就以全家與其親睦交往。

之後，我以一九七〇年的大阪萬國博覽會的企畫成功，得到三井不動產公司之青睞，被挖角過去並被賦與開發千葉縣浦安的廣大土地之重責。我研究了世界許多遊樂場所設施，最終，邀請美國迪士尼樂園來日本考察設置的美夢，隨後繼續積極行動，說服了迪士尼樂園在日本設置，也成了美國迪士尼樂園首次在國外成立的樂園。

東京迪士尼樂園開幕後，首先道賀我的國外朋友就是賴先生。賴先生在電通公司研修後回臺灣，依然從事於國華廣告公司之業務工作，之後，被禮聘至對臺灣廣告界有輝煌貢獻的聯廣公司擔任高級幹部主持公司全盤業務，終至以董事長身分榮退。賴先生在給我的道賀信函中寫著：「夢想成真」，這時正是我長年辛苦結成果實，夢想實現的時候。

東京迪士尼樂園上軌道後，我時常被邀演講、授課、撰文案等。除了在日本國內，也常獲邀至亞洲各國做講演。在臺灣，因有賴先生之緣分獲邀二十多次；加上賴先生把我的著作介紹出去，因此認識更多臺灣友人與知己。

我因有日本觀光學會特別顧問之身分，常有日本各地觀光開發的諮詢案件。我時常倡導人群眾多的觀光景點，不能一直以地美人親來訴求，而需要有啟發人心的感動故事，做為其宣導核心。

其中有位山形縣最上川觀光船舟公司社長鈴木富士雄說：「最上川以阿信及芭蕉之俳句聞名於世，而集人群前來，但如此尚有不足之處，堀先生可否構想，可感動人心的故事？」接受其請託後，我決定以最上川為背景，結合自己的人生哲學，以物語故事的方式呈現，於是寫了「飛躍的石平」乙書。過去，我曾寫過一些暢銷的管理書籍，但物語故事卻是生平首次。隨後將「飛躍的石平」拿去應徵有童話部門的世田谷文學獎，誰知竟有得獎之驚喜。之後，我趕緊將盤旋在腦海裡的兩個故事加以文字化，湊成三個故事成一冊出版，開啟了我以美麗景觀為背景，寫作了能振動人心的故事。

我喜歡陶藝，因此有很多朋友在岐阜縣與多治見市（註二），多治見市在日本是著名的陶藝勝地，是美濃燒的中心。其中我與小池和人先生是多年之交，經他介紹認識了多治見市市長古川雅典，吾等二人一見面就意氣投合，遂乘勢寫了「多治見物語」的故事三篇。

我曾將上述兩本物語贈送給賴先生，賴先生也認為這些故事均在啟發人心，也是今後觀光行銷的必要條件。次年，賴先生率領了臺灣專業的行銷傳播人士一團來到日本，邀請我做一場講演。講演後獲得的感謝牌寫著「以心傳心」，我與賴先生之朋友關係也是如此。

本書由賴先生的四篇觀光遊記與我的兩本六篇物語故事構成一本書。我祈願本書不止介紹美景，更能啟發人心，希望吾等二人之「以心傳心」，能觸動讀者之心願，創造美妙幸福。

註一：

賴東明於一九六六年奉派由國華廣告公司至電通公司研修三個月，當時結識很多活躍於電通公司內，日本廣告界之「廣告孔明」、「廣告武士」，堀貞一郎是其中之佼佼者。當時在東京的電通公司的事物所有三處，一在銀座的總大樓，一在行政會館，一是在高速公路路下。綜合企劃中心在高速公路路下。

註二：

二〇一二年六月賴東明曾與臺灣的國際扶輪臺日親善會一行廿名，在遊歷日本北陸、內奧後訪問多治見市，獲市長古川雅典接見，並聽取「市長是市政推銷員」的市政簡報，佩服其市長之自我定位明確，又受贈該市名產美濃燒陶瓶。

〔書序2〕

相知五十載——作者堀貞一郎與譯者的我

文／賴東明

初識即如沐春風

那是在一九六六年，離現在近五十年前，應是很久很久的往事。

那年筆者從就職四年的國華廣告公司奉派至日本電通公司實習。國華廣告公司成立於一九六一年，應是臺灣廣告事業的先驅。該公司成立伊始就與日本電通公司有業務往來，從其獲得別家廣告公司所缺乏的客戶、技術等，公司呈現欣欣向榮之光景。

去學習之目的主要是為了吸取電通公司的廣告業務方法，廣告企畫技術。當時電通公司座落於東京銀座，門前街道被居民稱呼為電通路。電通大樓有七層高，建於一九三三年，年歲較筆者多一年。

廣告業務是在國際局亞細亞部實習，而廣告企畫則是在企畫中心汲取。企畫中心是電通的研發單位，身經百戰且創意豐富的員工才有機會被派來。

當時的企畫中心人員約有二十位，該單位主管是日本有名的劇作家金見省三。他底下的勇士個個有一家之言，點子出色。堀貞一郎是其中之佼佼者。初識時，他擔任新媒體的廣電節目企畫。

堀貞一郎笑臉常開，聲音宏亮，走路快步，一襲西裝。一見就如沐春風，讓從臺灣來尋取廣告經驗的筆者立即感到益友在前。

堀貞一郎常言若電視節目不感動視聽者，就無播出價值，而要讓節目能感動視聽眾則與題材之選擇至為重要。為此，企畫者要有社會觀，通識力，人情味等等。故要成為通人情、達人意的企畫者，需比常人加倍努力。

堀貞一郎常邀筆者去逛百貨、觀展覽。隨時隨地解析來龍去脈。

在週日其全家到郊外出遊時亦邀筆者同行，去過箱根、熱海、富士山五合目等，當場解說該地之歷史故事。這使筆者不僅茅塞頓開於廣告內容，又執迷探討於日本史地。

往來緣分不停歇

堀貞一郎後來被三井不動產公司禮聘，離開電通而就任東方地產公司之常務董事兼首席企畫師，專責開發浦安漁村。筆者奉職國華廣告公司十一年後因家業而離開臺北。後來被當時新成立不久的聯廣公司總經理徐達光，顧問楊朝陽邀聘至聯廣公司當顧問，後任副總經理，繼而總經理職務，約有三十五年身處聯廣，從事廣告、行銷工作。

就在此時痛感廣告人才對新公司之深切重要性，於是逐步推動新員工之培訓，老員工之赴日實習，邀日本廣告人來臺指導。為要作業禮實，乃聘請自廣告界退休而服務於教會之武藤信一來臺就任為聯廣副總經理。武藤信一是廣告製作出身，善於文案撰寫。武藤信一推薦要強化廣告創意，可偶爾邀請既有創意又有方法之退休專家來臺指導、講解。

他推薦的人員是其舊同事，誰知此人竟是筆者十五年前曾就教的堀貞一郎。有緣就會一線牽。

武藤信一提出此議時，堀貞一郎已從東京迪士尼樂園首席企畫師位置功成身退而以常務董事身分接受日本地方政府遊樂園施政的諮詢顧問。因其身分已較自由，乃多次邀聘其來聯廣做專題演講。每次講演題材雖有不同，然其中心則不變，意即要企畫能讓眾人感動之作品。

一九九四年國際扶輪年會臺北大會舉行時，他以東京銀座扶輪社友身分來臺參加。那次臺北年會籌備時，筆者置身於籌備委員兼文宣推廣委員會擔任主委任務，獲得聯廣員工之協助，創造了「乾杯在臺北」的豐富人情之活動標題，又在年會當夜，設歡迎宴款待外來扶輪人近兩萬多人，於晚間七點整舉行歡呼「乾杯」三次。這個活動使外來扶輪人感動至深。堀貞一郎在離去時，特別表示永遠不會忘記「乾杯在臺北」。

二〇〇五年，臺北的國際行銷傳播經理人協會因推薦臺灣的廣告作品在世界唯一的東京廣告博物館做長期展覽，故需組團前往。為使國際行銷傳播經理人協會之赴日訪問團能有更多經驗吸收，乃由筆者出面邀請堀貞一郎來講演。講演場地是在帝國大飯店內的「政經塾俱樂部」，日本的好幾任首相均曾來此闡明其施政方針，而堀貞一郎是此政經塾俱樂部的發起人。臺灣行銷傳播專家亦在此俱樂部內經過堀貞一郎的安排邀請，聆聽了多治見市古川雅典市長「我是多治見市的市政推銷員」之施政講演。

堀貞一郎與筆者真是有你來我往之緣分。五、六年前他曾帶領一團在日本盛名之插花團體與陶藝專家來臺做三天的展覽，場地是由筆者安排設在國賓大飯店，為了促進兩國藝術團體之交流，會後他們將其陶瓷捐贈給臺北北區扶輪社。臺北北區扶輪社則將獲贈陶瓷品拍賣，並將此款項捐為「親恩基金獎學金」，協助貧寒大學生做為學費、生活費。

堀貞一郎的著作介紹

堀貞一郎常受邀至日本各地之企業、學校、社團做講演，亦有多本著作，那些書籍存在於筆者的書櫃裡，將書名譯為中文則有：

《東京迪士尼樂園，如何吸引來客》

《人生決定在此遇到的人》

《不使人快樂就不會是公司》

《感動會使人行動》

從二〇〇〇年起堀貞一郎受日本觀光學會之聘，出任顧問。他力主日本的國家形象、產業結構，應該在既有立場上而跳躍升級，故出版了：

《改變在「日本製造」成為「來日本觀光」。》

堀貞一郎又認為建立國家整體的觀光形象固然重要，但地方景點的社區宣傳亦需要。所以他為地方觀光寫了兩本有趣又有益的故事小說。如：

《最上川物語》

《多治見物語》

上述兩本物語是結合當地的民間故事，同時也是他的小說創作。其中有一篇曾獲得文學獎。兩本書中的地方、社區、景點，因擁有傑出故事而廣受人喜愛。

筆者很榮幸有機會為這兩本書進行翻譯及改寫，將堀貞一郎兩本書中六個故事的好作品介紹給國人認識，同時也加入自己過去到多治見及最上川兩個地方參訪所寫的相關文章，結合成一本書，希望讀者會喜歡。

堀貞一郎在日本愈來愈受到國家、社會之尊重、器重，而與他有近五十年交誼的筆者，實在備感榮幸，感到不虛此生。

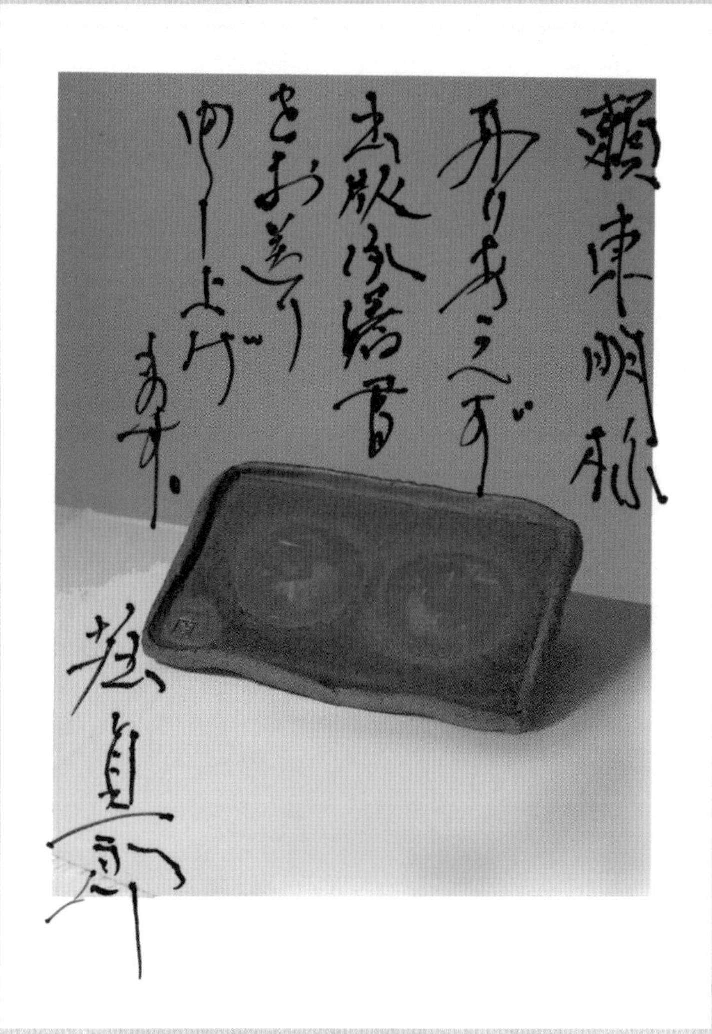

▲ 堀貞一郎贈送給賴東明的出版承諾信物，別具一格。

關於本書

創意行銷大師堀貞一郎經常處理日本各地觀光開發的諮詢案件。有回，一位山形縣最上川觀光船舟公司的社長請教他，「最上川過去一直以日劇阿信的故鄉及松尾芭蕉的俳句聞名，但要發展文化觀光，似乎尚有不足，堀先生能否構想，結合當地景物，撰寫感動人心的故事？」

堀貞一郎接受請託後，決定以最上川為背景，結合自己的人生哲學，以物語故事的方式呈現，於是寫了「飛躍的石平」這個故事。過去，曾寫過一些暢銷管理書籍的他，卻是生平首次嘗試小說故事創作，沒想到這個故事得到日本世田谷文學獎的肯定，隨後，他趕緊將盤旋在腦海裡兩個故事「愛的靈泉」、「宙庵與琴姬的二重奏」文字化，創作出版了《最上川物語》

一書。

不久，多治見市市長也很欣賞這樣有文化創意內涵的故事內容，期望他能為日本著名的美濃燒中心多治見寫些故事，於是堀貞一郎再以多治見美麗景觀為背景，創作了鼓舞人心的「河童饅的夏天」、「時四郎的美濃燒傳奇」、「魔法鉛筆」三個故事，出版了《多治見物語》一書。

後來，堀貞一郎將兩本著作送給相識五十多年的好友賴東明。賴東明覺得這六個故事，不單僅有觀光人文的內涵，更具啟發人心的哲理，取得其授權後，進行翻譯改寫，成了本書的主要部分，即「主曲——六個故事」，並加入自己到最上川、多治見兩地旅遊所見所聞的四篇散文，即「插曲——旅途有感」，讓讀者看完本書，體會不同的生命價值，享受一段有憂傷、有甜美的人生旅程。

故事導覽

故事1「愛的靈泉」

什麼樣的力量，可以讓兩個性情迥異的族群不再爭執交鬥，最後成為合作的盟友？愛情的魔法如何點燃彼此的情感？

故事2「飛躍的石平」

一個原本壯碩珍奇的岩石，突然崩壞成不起眼的碎石，面對殘酷的巨變，被命運捉弄的小石子，如何重新檢視自己的生存價值？

故事3「宙庵與琴姬的二重奏」

有著牛郎織女般的浪漫元素，一段因為音樂而邂逅的戀情，展開曲折的故事。宙庵與琴姬將如何超越時空的距離，傳達彼此最深的思慕與愛意？

故事4「河童鰻的夏天」

愛鬧事的河童鰻，不是施法讓天下大雨，導致洪水氾濫，不然就讓天不降雨，造成旱災，人類該如何與牠相處，取得互助信任的友情？

故事5「時四郎的美濃燒傳奇」

一個敗戰無家可歸的武士，如何從自殺尋死的絕境，重新再站起來，展開另一段製陶的新人生？一段仙人留下的謎語，如何成就美濃燒的傳奇……

故事6「魔法鉛筆」

如果有一隻魔法鉛筆，能夠讓你畫出想要的東西、實現夢想，你想畫出什麼？三個小孩和一隻會說話的狗，想要改變一座城市的未來，他們想畫出一個沒有污染的綠色城市，畫出一個讓人充滿希望的快樂城市……

〔主曲〕

六個故事

源於最上川與多治見物語

愛的靈泉

在日本北方，有條最上川（註：最上川發源於日本東北山形縣和福島縣的交會處，全長二百二十九公里，是日本第七長的河川，也是山形縣內最重要的河川。最上川的河面看似平穩無波，但河底的流速卻高出水面的兩倍，也因此名列日本三大急流之一），北邊有楓紅的一片山，古時候這裡曾出現兩個很強大的鹿國。

南邊的鹿國以黑森林為中心，住著性情溫和的鹿，稱之為「黑森之國」；北邊的鹿國以三森山為中心，住著性情暴躁的鹿，叫「三森之國」。

黑森之國是由具有高貴品格的鹿王達活的世代所統治，在世襲制度下，即將接任的是王子達酷。

三森之國是由女王的世代來統治，該國最強的雄鹿，將成為女王的丈夫來統理國政，因此許多雄鹿希望成為女王的丈夫而天天爭鬥。到了女王伊紗的時代，她的女兒伊媚長得更是驚為天人，眾多雄鹿愛慕她，更是展開激烈的爭鬥。

2

在黑森之國與三森之國的中間，有個名叫「鹿谷」的地方。這裡是兩國鹿群唯一喝水、戲水的場所。性情迥異的兩個族群，常因水的問題而起爭執。

某個炎熱的夏天，來鹿谷戲水的三森公主伊媚，偶然遇見了來喝水的黑森王子達酷。

王子只看見公主一眼，就被伊媚的優雅所深深吸引，情不自禁對公主說：「妳……，是三森的公主伊媚嗎？」

伊媚也被黑森王子達酷的優柔眼神與氣質所吸引，但因一切來得突然，說不出話來，只點點頭而掉頭離去。

「明天這個時間，我會再來」達酷的聲音從伊媚背後遙遙傳來。

此後，過了一天又一天，達酷一直等待著伊媚的出現，但始終沒等到。

某個黃昏，達酷絕望至極準備離去時，突然間他望見伊媚躲在楓樹後。「妳還是來了。」

「白天和你見面有些為難，只能等太陽已下山、月亮不出來、星星在天的夜晚才能與你見面。」

達酷點頭示知，目送遠離而去的伊媚背影。

如此，王子與公主快樂地在沒有月亮卻有星星的夜晚，偷偷地在楓樹下相會。知道兩人祕密的只有他們相會的地點主人楓樹。

3

在楓葉染色的秋天午後，群鹿聚集在鹿谷時，達酷站在巨大岩石上，突然大聲宣布說：「我要與伊媚結婚。」

兩邊的群鹿都大吃一驚而騷動起來。

在附近的伊媚聽到此聲，掉下大顆的眼淚而掉頭就走。不是因為感動，而是認為會遭到反對而就此結束。

因為反目成仇的兩國子女是無法結婚的，尤其要與三森國的公主結為夫妻，必須戰勝三森國的眾多雄鹿。那是一場賭命的戰鬥。

黑森國王達活立刻要達酷謹慎行事，不要與鄰國發生糾紛。達酷身邊的人都全力阻止他的無謀。不過，達酷並不因此而放棄，每晚必定前往鹿谷，想看一眼伊媚，說上一句愛慕，表達自己的真心及思慕。

當然兩人的神祕行為也因此傳開，三森女王伊紗終於出面表示：「如果達酷真的想與公主伊媚結婚，必須遵守三森國的

傳統，與雄鹿一對一決戰，如果最後獲得勝利，我願意高興地接納達酷成為公主伊媚的丈夫。」

達酷聽了女王的傳話後，急欲與三森年壯的雄鹿決鬥，決心以自己的實力來與伊媚結婚。

達酷開始鍛鍊自己的身體，他急跑大草原，將楓樹當成對手而向其猛衝。在冬天，眾鹿挨著身軀在山穴中避寒過冬，但卻看見達酷仍在雪中拚命練習增強體力。

4

春天來了。黑森王子達酷已經成為雄壯、全國鹿角最優的雄鹿。

在夏初，達酷王子向三森國女王正式提出要求，欲與三森

國的雄鹿決鬥，希望能娶公主伊媚為妻。女王也接受鄰國王子的要求。

自古以來，三森國的雄鹿就比黑森國的雄鹿高壯許多，今年更特別的是有許多雄鹿成長得更壯大，相較下瘦弱的達酷王子恐怕不會是其敵手。

而且即使贏了三森國的這些雄鹿，最後還要面對三森國所向無敵、雄壯無比的雄鹿「它俞那」。女王期待著將三森國的未來交給它俞那，所以認為達酷毫無勝算。

此外，如果黑森國的王子敗給三森國雄鹿，黑森國國王將會臣服於三森國。而且王子打輸而被殺，黑森國將失去繼任者，國家的存亡就會陷入危險，可能會被併吞。

不過，三森國如果沒有一隻雄鹿可以打勝達酷，那麼以後就會由黑森國的王子來統治三森國，那三森國也就形同滅國了。

5

三森國的雄鹿與黑森國的王子達酷的決鬥開始了。前四隻的三森雄鹿皆被達酷給一一解決。終於輪到三森國最強的雄鹿它俞那出場了，這也是女王伊紗所最期待的。

直到今天之前，他曾奉女王之命，接二連三地打倒對手，但在一次與自己老友的戰鬥中，將老友給刺死了。這件往事成了它俞那心裡最深的沉痛，從此他失去了戰鬥的意志。

「女王陛下，請您寬恕我。雖說是鄰國的雄鹿，但我已不想再殺生。」

「你不是在為自己打仗，而是在為國家而仗，若我命令其他雄鹿，但一一挑戰失敗，最後你還是必須一戰，結果也只是損害本國更多生命而已。」女王堅持命令它俞那與達酷做最後決鬥。

6

只要在聳立的最上峽的三森山斷崖，打倒或推落對手，任何一方都可娶公主伊媚為妻而領導整個國家。

達酷與它俞那的決鬥開始了。

兩雄以猛烈的攻勢互相搖晃著鹿角，接二連三地展開攻勢，直到日暮也分不出高下，女王伊紗正要宣布「隔日再戰」之時，達酷在鬆懈之際，它俞那突然猛力一使，便將王子達酷甩下斷崖，在一陣寂靜後，所能聽到的只是伊媚的啜泣聲而已。

當女王站上岩石準備宣布它俞那的勝利時，圓圓的月亮恰好爬上山頭，一隻巨大雄鹿的影子，投射在大岩石上。達酷並沒有摔落，女王只好宣布明日再戰。

7

它俞那正煩惱著差點殺死無罪的雄鹿，當女王宣布「明日再戰時」，他開始懷疑自己的作為是否卑鄙？公主愛慕王子，將其殺死而拆散兩人有何意義？若自己戰勝，而由三森國獨占鹿水，那他國的鹿要去哪飲水呢？

就在這個時刻，他感覺有道強烈的視線朝他看來。那個視線正是來自與黑森王子達酷一同飲水的妹妹伊都，正是它俞那愛慕的鄰國公主伊都啊！

第二天早上，決戰再度開始。從大岩石一股作氣奔下來的達酷，對昨夜已有悔意的它俞那衝撞，它俞那一不留神險些掉落谷裡，千鈞一髮，他的鹿角卡住了楓樹枝還好沒有掉落，而達酷卻因為用力過度反而衝進谷裡。

但這時刻，它俞那竟跑到水邊，向前伸出鹿角勾住達酷的鹿角將他救起。

突然間，一個很大的聲音傳來「你們別再打了！」他倆都吃了一驚，說這話的正是那顆老楓樹。

「你們都是傑出英勇的雄鹿，你們應該成為朋友，而不該如此戰鬥。」

「那我們誰該娶伊媚為太太呢？」王子達酷問。

「你想和伊媚結婚的心人人都明白，但你知道它俞那也喜歡著你妹妹伊都？好好坐下來解決事情吧！」

如此，兇狠殺氣的眼光從達酷眼中消失，它俞那也濕了眼眶。兩人像楓樹道謝後，便在樹下真心交談。

達酷與它俞那討論之後，不久，兩國國王與女王及眾鹿聚集在鹿谷，達酷在眾鹿面前宣布：「無論是誰獲勝，兩國都將留下遺恨更因此交惡，何不一起和平相處？」

「我們該向楓樹學習，真正的強者不是以力取人，而是遵從愛心，並思考能為人做些什麼？」

「讓我和公主伊媚結婚，它俞那與伊都結婚。喜歡的人能夠在一起，兩國也不用決鬥，並且能共同生活享有幸福，我們也都可以安心過活。」

聽到這個提議，黑森國王與三森王后都表示，黑森國的氣質品味與三森國的強壯，都能為兩國帶來更繁榮的未來，也都很高興。

一直沉默的楓樹再度開口說話：「很好，真正的和平現在就要開始。從今以後，可以將鹿谷稱為『友情之谷』，兩國共有，享受和平。

8

不多久之後，在老楓樹之下，有兩場婚禮盛大舉行。而兩個鹿國從此成為好鄰居互相協助。

「友情之谷」，如今被譽為「愛的靈泉」而為人愛飲不停。

飛躍的石平

1

古時候，在日本北方有條河川叫「最上川」，在其流過的山谷中，有個最特別的景點「三支松茸」，它由三個巨大的直立岩石組合而成，因景觀為之珍奇，故往來的船夫常誇讚其壯碩美貌。

「三支松茸」右端的傘頂是平的，故被稱為「平頭松茸石」；左端的傘頂是圓的，被稱為「圓頭松茸石」；中間的則因傘頂像山，故被稱為「尖頭松茸石」。路過的船夫都會向眾客如此介紹，眾客皆讚嘆其形狀美妙，能見到真是畢生福氣。

三支松茸因為天天被人稱讚，誤以為自己很偉大而漸漸驕傲了起來。圓頭松茸及尖頭松茸更因自覺得了不起，姿勢漸漸變成仰頭看天，肚子突出，不可一世的樣子。路過的船夫，還單純的擔憂，以為只是因為地盤鬆動而使它們往後傾。

不料船夫的擔憂不幸言中。圓頭的松茸石的傘頂首先掉落，尖頭松茸石的傘頂也跟著掉落，因掉落地面震動過大，平頭松茸石也無法擺脫掉落的命運，三個傘頂便碎落一地。

結果美景崩壞，它們不再是當初讓往來船夫誇獎的奇景，碎落成不起眼的岩石。

但尖頭松茸及圓頭松茸卻不反省自己因傲慢而付出的代價，還一心期盼船夫們，為著它們曾經是當地的名勝，而盡力幫忙它們恢復原貌。

而可憐的平頭松茸石，不但傘頂沒了，連身軀也損壞，自怨自艾之餘，也羨慕起其他兩支松茸石，起碼還有身軀可以站立著。

不過，船夫們卻有不同的想法。

由於尖頭松茸石與圓頭松茸石的身軀在山震之後相互依偎，船夫因此幫它們改名為「夫婦岩石」，而原本尖頭松茸石掉落下的飽滿傘頂，因看起來像懷孕的母親，被美其名為「懷寶石」。這樣美麗的意象又帶來新的生機，許多人遠道而來遙

拜，為求婚姻圓滿、子孫繁榮。

平頭松茸石過去形狀優美，現在卻變成毫不起眼的扁平石頭，因而常被掉落下來的圓頭松茸石傘頂數落為「石平、石平」，被稱呼為石平的平頭松茸石感到自卑，也反問道：「沒有身軀只有傘頂的你，該怎麼稱呼？」

「儘管現在不成形，但我曾是天下名勝『圓頭松茸石』的傘頂。即使掉下來，其圓如舊，所以可叫我『岩圓』」。岩圓還說道：「此山已無我用武之處，我要出去開創自己的命運。」石平其實非常羨慕岩圓的勇氣，認為它一定會有嶄新的人生，自己卻只能意志消沉。

「我已經不行了，我已經無法恢復像過去那樣體面。因為扁平，無法自己轉動，我只是一顆散在河邊的石頭，不會再有人需要我了……」石平愈想愈悲傷。

3

此後不知經過多少年。

每逢山上下大雨，石平就與其他小石一同被泥流吞噬，互相激盪琢磨，磨去了稜角，成為卵形石頭。不久石平到達了水靜波平的岸邊，它已經完全被綠苔覆蓋，每日總有川魚來啄食，過著平和的日子。

「原來也有這樣的生活啊！」石平感到些許的幸福，能為川魚帶來溫飽！

但是這種幸福沒有持續很久。最上川又叫「暴戾川」，每隔十年就會大氾濫一次。石平被這次的大氾濫沖流到沙灘上。

自古以來，最上川流域的村民，每逢秋天都會聚集在一起舉行「煮菜會」。人們會把大鍋搬到沙灘，烹調美味的食材，

大家一起盡興的享受聚會。

石平被準備煮食的年輕人發現，而參與了煮菜會，石平被燒成赤紅，並且被丟進大鍋裡。赤紅的石頭讓大鍋裡的水隨之沸騰，煮熟了美味的魚、肉，眾人大快朵頤，好不暢快！

石平忘記了身處水深火熱中，反而因為助人而感到欣慰。

「即使辛苦，但能使人如此歡喜，心中也有說不盡的愉快感。」

無奈這種感動也是短暫的，石平又被取了出來，扔進冷冰冰的川水中。這時石平裂成三塊，成為薄薄的橢圓形小石頭，被川水所流，被岩水所磨，石平變得更小了。

此後又經過好多年。

在下游的沙灘上，石平已經變得很小很小了。石平想起過去曾在一起的岩圓、變成「懷寶石」的尖頭岩。

「岩圓曾說要重新出發而跳進最上川，相信它已經找到新的自我；變成『懷寶石』而留在原地的尖頭石，相信還很風光地吸引著各地前來朝聖的遊客。與之比較，變成小塊而被遺棄在川邊沙灘的我，是多麼的淒慘啊！」

石平又天天感嘆著自己的悲慘命運。

有個夏天，川邊沙灘響起了小孩的歡呼聲，是一群頑皮的小孩前來遊玩。

一個小孩撿起石頭，朝著水面丟去。石頭在水面上跳上了兩次，而後消失在川流裡。

石平在旁看著，覺得真有趣。小孩們撿起可能會在川上跳躍的石頭，丟向最上川。

變成小小塊石頭的石平，認為此事與己無關，便呼呼倒頭大睡。突然間，一個小孩撿起石平，說：「這石頭可能會飛。」

「你要幹什麼？」石平忽然驚醒說道，小孩當然聽不到石平的疑問。

「會不會太輕？」

「試試看吧！」小孩便敏捷的把石平往水面丟去。

嗵、嗵、嗵、嗵、嗵、嗵、嘟、嘟……，石平乘風破浪地飛越前進，而跳往最上川的上游。

「哇！」

「了不起！」

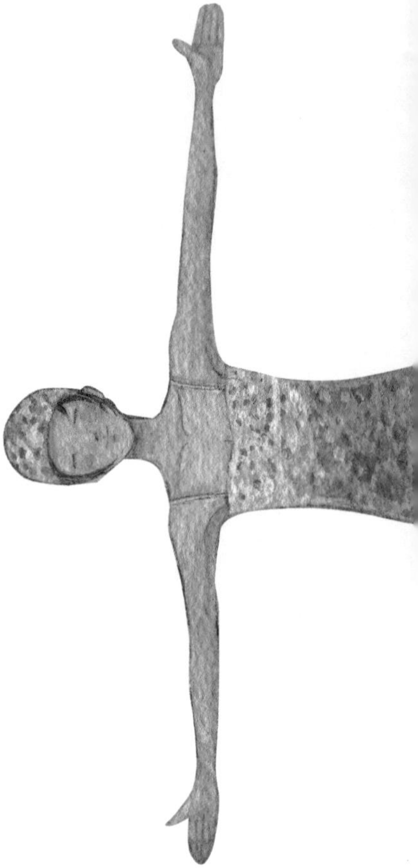

吃驚的小孩們歡聲雷動。

但最為感動的卻是石平。如此使人心動是生平首次，如此使人高興也是此生頭遭。

「我也有這種使命在等待著。別的石頭或許認為這樣很無聊，然而我卻終於發現自己的價值。」

小孩們又找石頭扔向川流，但始終找不到像石平般會跳躍的石頭。

「再也找不到那種石頭了……」

「我們就叫它『躍波石平』吧。」

「這樣很好，下次我們來川邊沙灘，就找躍波石平。」

5

太陽西沉，小孩各自回家去了。

從那天開始，在川流中的石平努力地回到原先所在的沙灘。川流如果太快，它就使自己沉入川底，經過好幾個月，又會回到原來的沙灘。

但是，沙灘因為降雪而空無一人。不久雪融了，春天來了。石平抱著小孩們會回來的希望，但是春天開始，山頂上的雪也開始融了，川流水位也隨之高漲，辛苦回到原來沙灘的石平，又被川水吞沒了。

雖是如此，石平並不失望。

「沒關係，再努力回去就好了。」

日本東北地方，終於有梅雨姍姍來遲，水位增高，川面上升。石平並不絕望，一直待在水底等待機會。

機會終於來到了。滿滿的水庫終於放水，而波浪接著洶湧而來。

石平將身體平躺，乘著水勢，躍上川邊沙灘。

夏天又來了，小孩們又回到川邊沙灘來。他們爭先恐後地搶著找扁平的石頭。小孩們並沒有忘記去年與石平的相會。

最後他們終於找到石平了。

「咦！這不是躍波石平嗎？」

「好像更大一點。」

「不過花紋卻一模一樣啊。」

於是大家集合在一起，互相討論。結果有人提議：「扔向

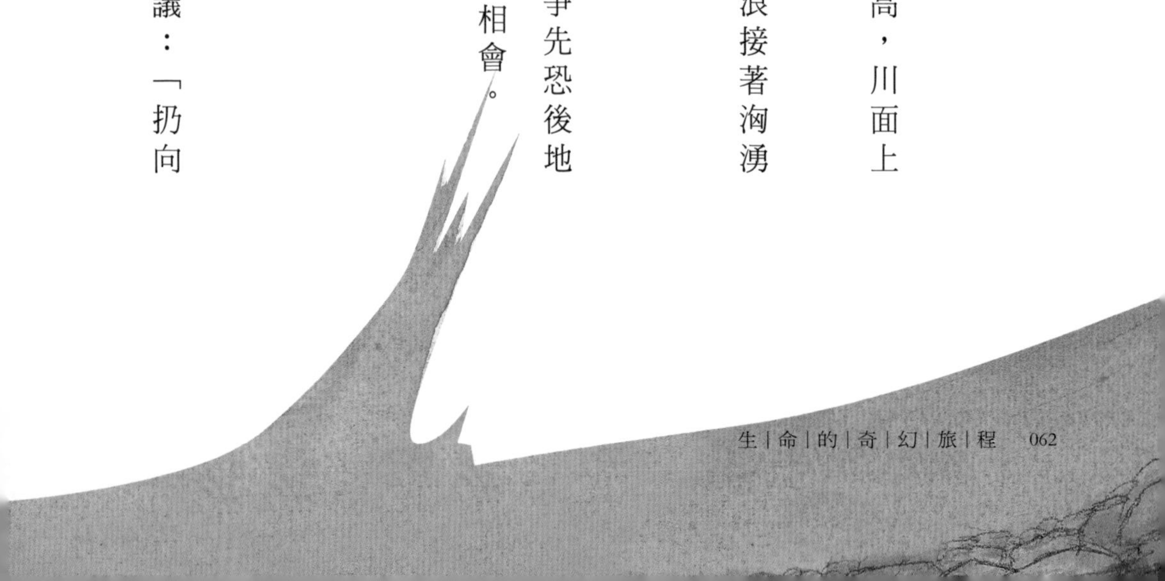

水川就知道了！」

「這次讓我來丟。」

「好啊。」

去年丟過石平的小孩把石平交給同伴。一瞬間，石平的心頭湧上了不安：「如果不能像去年那般飛躍，該怎麼辦？」

不過，這份心煩顯然多餘。飛躍在水面上的石平，比去年更輕快，姿勢非常美妙。

嗵、嗵、嗵、嗵、嗵、嗵、嘟、嘟……它通過波浪接連的水面，勇往直前。

就在這瞬間，有一隻大鷹從最上方山崖的松樹飛下來，把飛躍的石平當成川魚，一啄就飛向高空，回其鳥巢。

這景象讓小孩們感到不可言喻的歡喜與感動，成為一生難忘的回憶。

從此以後，這個川邊沙灘被稱呼為「石平川灘」。

而原本散在川底的小石頭也因此驚醒，原以為自己會變成細沙而絕望，當它們看到石平飛躍的美姿，聽到小孩給予石平的掌聲，總算體悟到：自己也可以幫助孩子創造美麗的回憶，期盼自己能成為有用之才。

從那天晚上起，最上峽總會傳來小石頭努力把自己磨平的聲音，希望自己有天能成為石平那樣讓小孩驚呼的石頭。

夏天到了，川邊出現許多與石平類似的石頭，石平川灘從此充滿了小孩嘻笑聲。

石平從樹頂的大鷹巢向下眺望川灘上快樂的小孩，回顧自己奇怪波折的命運，確信只要努力，就可以發現自己生命的價值。

石平現在仍在大鷹的巢中，等待下次機會。

宙庵與琴姬的二重奏

很早很早以前，在最上川的上游有一個國家，住著一位名叫宙庵的醫師。

宙庵是個有名且人品高尚的醫師，病人都覺得給他看診後，心情會變愉快、氣闊力強、日日快活，因此居民對他十分景仰。

宙庵有精湛的醫術及高尚的品德之外，他還擅長吹奏「尺八」這種樂器。（註：尺八是中國的一種傳統木管樂器，盛唐時期，隨著佛教文化的交流而傳入日本，是日本極為重視的民族樂器。其形狀、音響及演奏法與洞簫類似，音量大於洞簫。唐以前稱為魏晉「長笛」或「豎笛」。唐太宗時，為統一律制，命樂官呂才重定樂律，尺八是豎吹的樂器，以其長度一尺八寸得名，長約五十五公分。）

「病來自氣」是宙庵的口頭禪，他會對著心情鬱卒的病人吹奏輕快的調子，對著心扉閉鎖的病人，則吹奏濃厚的曲調。來診所的病人，聽了尺八的聲律，身心都會快速地獲得療癒。

不管是鄰近或遠方的居民，絡繹不絕地來到宙庵診所，聆聽宙庵的尺八演奏。

尤其是在滿月的夜晚，尺八的聲音猶如月亮泣訴，使聽者之心深深撼動，使人人對生之喜悅感動而淚流滿面。

因此，名醫宙庵之風評傳至日本全國而家喻戶曉，甚至流傳到天皇所居住的京都。

2

某年的正月，天皇生病了。

在京都的所有名醫都被召來一同診治，就連名僧也被請來加持祈福，但一直到了夏天，天皇的病情始終沒有起色。

這年的夏天特別燠熱，眼看天皇日漸消瘦，為此感到痛心的太政大臣，不顧醫師或僧侶的反對，下令召請名醫宙庵來京都。

夏末，在北國人民的歡送中，宙庵坐船順著最上川的水流，前往京都。

宙庵在船上，抬頭仰望一輪明月，全身沐浴於月光下，聽著最上峽瀑布流下的水聲，情不自禁地拿起尺八，配合瀑布的水聲吹奏起來。當聲音奏起，不知怎麼地，船停止前進了，周圍的環境被金黃色光輝照耀著。

此時，船夫無法掌舵，突然船像被漩渦席捲般快速帶到川岸去。船一靠上岸，瀑布附近出現了一位美女，如滑行般地來到船旁。

「我住在瀑布的神社中，自從出生後，不曾聽過這麼美妙動心的音律。今晚，雖說是滿月，但下游之處卻有危險。如果願意的話，請把船停泊，賜我一曲，且今晚住到我家來吧。」

此事來得突然也奇怪，宙庵一時傻住了。此時漸入夜，心感不安的船夫催促著宙庵停泊。宙庵於是對女子行禮，回覆說「如要勉強繼續行走，船夫有所不安，那就謝謝妳讓我們夜宿一宿。」。

瀑布之前有個神社，女子請宙庵入坐，默默拿出琴來，在月光滿照的神社走廊奏起琴來。宙庵感佩女子琴音優雅，也拿出他的尺八來。在月光輝映下，兩人開始合奏。

不久，月亮躲進山後，周圍變得漆黑，女子停止彈琴，低著頭嬌羞地說：「我的琴聲，若沒有你的尺八來配，是不行的，請你以後長久住在這裡吧！」

當宙庵欲言又止時，女子繼續說：「月已下山，我將不見。我坦承告訴你，我是守護這個瀑布的龍神之女，名叫琴姬。在黑暗中顯龍身，在光明時露姬身，住在神社裡，守護著這個瀑布。」

宙庵感動地說，「我此生首次聽到這麼美麗無比的音色，如果可以，真願與妳共享音樂而今後相隨。只是我必須先上京給天皇治病，若完成使命，必定回頭來此與姬再會。請妳相信我，等待我。」

在黑暗中，看不見琴姬傾耳聆聽的姿態，但宙庵能感受到琴姬流淚而入神的狀態。

不久，傳來琴姬的聲音。

「我衷心期盼你能平安無事歸來，我把身上的鱗片送一片給你，請把鱗片當成我而隨身攜帶它，如你患重病，只要喝下它，萬病自會消除。」

琴姬把一片鱗片放進小盒送給宙庵，宙庵將它收至懷中。

第二天早晨，琴姬以美麗身姿出現在神社前，含淚送走宙庵。

到京都後，宙庵立即趕往宮殿。準備調和各種藥草獻給天皇，但天皇身邊的醫師或僧侶卻認為，若讓宙庵治癒天皇，自己的地位可就不保了，於是百般阻撓宙庵得到草藥。

宙庵也想以尺八來撫慰天皇的心，減其病痛，但也被一笑拒絕，天皇的病情當然沒有好轉。

萬般妙法用盡的宙庵，忽然想起琴姬贈送給他的龍身鱗片，便從懷中拿出小盒，打給盒蓋只見鱗片已細碎成白粉。

「這是怎麼回事？這是琴姬強烈思念我的證據啊！」

宙庵把些許白粉摻在藥湯裡，呈給天皇服用。

從那天起，天皇便快速回復，直到一片鱗片服用完畢，他已痊癒了。

天皇及身邊的太政大臣都非常高興，宙庵於京都獲得配屋，成為天皇的御醫。

作為一個醫師，沒有什麼事比這更光榮，但是，宙庵的心卻是陰沉沉的，沒有一刻忘記他與琴姬的約定。他一心懸念，已把天皇醫好，應該早日歸鄉，與琴姬相聚，但太政大臣卻送了故鄉國王的禮物給宙庵，要他為了國家榮譽，務必留在京都服侍天皇。

在萬不得已的情況下，宙庵把事情的來龍去脈寫信告訴了琴姬。琴姬念完信後吞下了眼淚，再取一片鱗片裝在箱裡寄出，期待宙庵平安與早日歸來。

與琴姬早日會見郎君、思慕情人的想法背道而馳的，是不斷流逝的日月時光。而另一方面，宙庵思念情姬的同時，也希

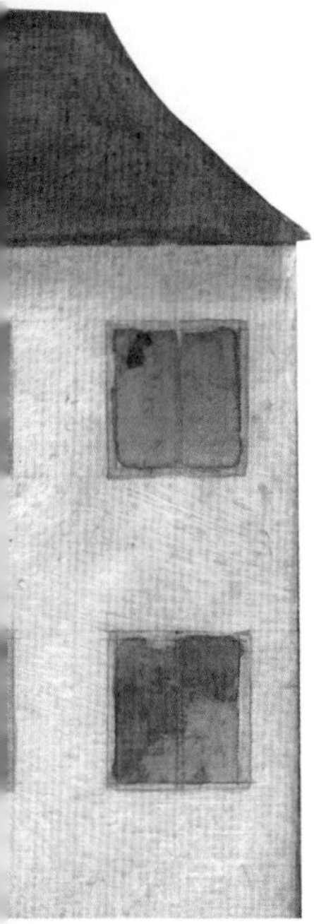

望能醫治更多的人。

「對不起，琴姬，但現在的我，可不能違背需要我的人。」

他如此思考著，而每逢月夜就吹奏尺八，以表思念之情。

琴姬送來的鱗片，讓宙庵救了無數人命。於是宙庵寫信給琴姬：「明知是無理的要求，但可否再送些鱗片來？」

龍身上的鱗片有靈氣凝聚，如果剝掉一片，就會少掉一分靈氣，龍的精氣會衰弱。只是一心想著情人，琴姬默默地一片又一片剝下鱗片送給宙庵。

宙庵醫病不分貧富，會因應病情需要，調以龍之鱗片。

4

有人看到宙庵從盒子裡取出龍身鱗片，動起歪腦筋。此惡人假藉「宙庵的萬能藥」之名，躲躲藏藏地在市面上推銷販售。

因宙庵醫術精湛，很多人信以為真，服用惡人的藥粉。然而，沒有經過宙庵的醫治，那些白粉怎能起得了作用？有些病人拒絕醫師的治療，只願喝名為「宙庵的萬能藥」，因而失去生命的例子時有所聞。

平日就對宙庵不懷好感的醫師或僧侶，於是趁勢指責宙庵是假醫師之名，行不法行為，因反對聲浪太高，太政大臣不得已將宙庵關起來。

宙庵被關後，又過了好多年。

琴姬雖無來自宙庵的音訊，仍然持續撥鱗送往，而這些鱗片通通被惡吏所丟棄，未能送達宙庵手裡。

宙庵在牢裡與外界斷絕音訊，日漸老去，覺得空虛無聊，連吹尺八的意願也失去了。

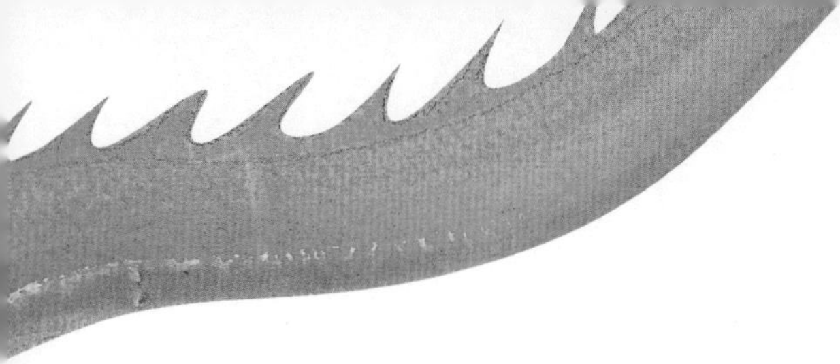

在牢裡，陽光與月光都因高牆聳立而看不出變化，只感覺得到溫度的寒暖。幾經寒暑，春天又來了。

在某個春天的夜晚，宙庵無意察覺到一瞬間朦朧的月姿映在牢獄前的水桶水面。映在桶內水鏡上的朦朧月光雖是一瞬間，卻給了宙庵無限的力量。宙庵請求牢吏交還尺八，牢吏起初嗤之以鼻，之後為了排解無聊，便將尺八還給了宙庵。

過了一個月，又到了滿月之夜，宙庵對著映在水鏡中的月亮，以思念琴姬的熱情吹奏起尺八。突然間月亮消逝了，代替月亮的卻是思慕宙庵的琴姬在彈琴的畫面。

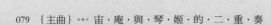

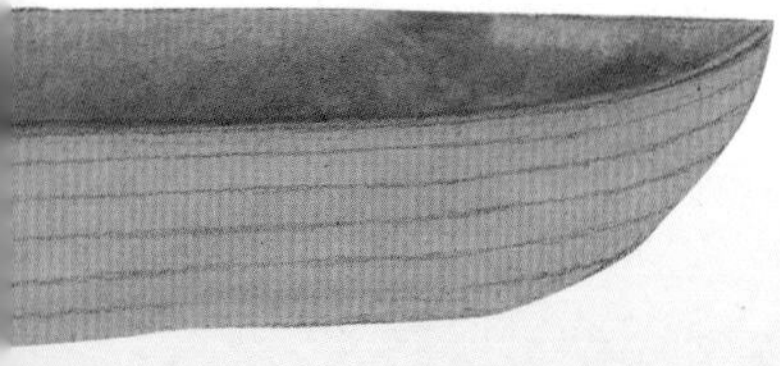

宙庵渾然忘我的與琴姬合奏，當月光傾斜，水鏡之月消失了，琴姬的倩影也消失了。

宙庵一心期待下一次滿月的夜晚。

5

終於到了中秋，明月映在水鏡上。

宙庵吹起尺八來，月亮馬上變成彈琴的琴姬倩影。琴姬的

容貌顯得清瘦，似乎一點力氣都沒有。宙庵忘了自己在牢獄，起身跑向映在水面上的琴姬而欲抱之。

「琴姬，琴姬，你要原諒我這愚鈍又自私的人！老天啊！如果能救出琴姬，我可把生命奉獻給你。」

就在這瞬間，宙庵被月光吸去，而飛向最上峽的琴姬身邊。

牢吏陶醉於宙庵的尺八聲中，直至第二天早晨還未查覺宙庵已消失不見。更不可能知道，門鎖還好好掛著門上，裡頭為何空無一人。在百思不解下，牢吏向太政大臣報告，大臣不但沒有責備，反將宙庵的牢獄紀錄塗銷。

其實，在滿月的那天晚上，曾在黑暗中製造宙庵萬能偽藥的惡人，被明月照現而被現場拘捕。

雖然宙庵的冤屈得以洗清，但太政大臣卻苦於無法責備當初提告的醫師和僧侶。

由於尺八與月光妙不可言的力量，回歸琴姬身邊的宙庵，廢寢忘食的照顧著琴姬，所幸瀑布邊有豐富的藥草足以讓宙庵使用，加上尺八具療癒功效的音律，使琴姬的病情日漸好轉。

春天又來了，當朦朧月光照耀在最上峽之上時，琴姬與宙庵的合奏再度在川面上響起。

故鄉的國王想嘉勉宙庵洗清冤罪，勸其歸國，但宙庵決定與琴姬住在瀑布邊的神社，哪都不去。

6

由於宙庵的關係，瀑布的所在地戶澤村遂成為長壽村，而在鄰近頗有好評。長壽的理由，是因宙庵救助無數生命，並得惠於豐富的藥草。除此之外，村民也向宙庵學習尺八，在滿月的夜晚，全村盡興於尺八與琴的合奏。音律使心靈愉悅，壽與福自然而生。

此後，宙庵與琴姬過著幸福的日子，傳說兩人活到百年之後。

又有一說，宙庵回到琴姬身邊的一百年，滿月的夜晚，兩人在尺八與琴聲中，消逝在金色的瀑布而飛向天際於月光之中。此後，宙庵與琴姬的身影消失了，神社與瀑布也消失了。

村民為思念兩人，在神社上蓋了小祠，迄今仍有許多人到此來乞求消災解厄、健康長壽。

往後，每逢滿月的夜晚，就會有洗滌人心的尺八與琴聲，從最上峽傳來而響徹雲霄。

河童鰻的夏天

相傳很久以前，在日本美濃國（註：日本古代的一個地方行政區域，又稱濃州）的多治見（註：多治見市現為日本岐阜縣南端的城市，以生產「美濃燒」而聞名。）有一條河流叫土岐川，裡頭住著一個長了鰻魚尾巴的河童，叫河童鰻。

河童鰻很愛鬧事，不是施法讓天下大雨，導致洪水氾濫，不然就是讓天不降雨，造成旱災。住在土岐山的龍神為了懲罰牠，就將河童鰻的頭頂盤打破，讓牠頭痛，無法到處遊走。

幸好，有個親切的陶工憐憫牠，把燒好的美濃燒碗碟送給河童鰻，讓河童鰻的頭頂有個碗碟可以戴著，彌補少了頭頂的痛苦。河童鰻為了報答感謝陶工的恩情，決定從此改邪歸正，永久住在土岐川。

也有傳說，河童鰻會住在多治見，是因為牠們非常喜歡鰻魚，所以選擇住在盛產美味鰻魚的多治見。

河童鰻的孩子小河童鰻們與人類的小孩相處也很愉快，經常玩在一塊。他們會在廣場分成兩邊，橫隊肩並肩、面對面一同嬉戲、同樂歡唱著：

美味，美味，多治見有美味。
什麼美味？
和菓子真美味。
給我和菓子。
來吧！猜拳，猜拳來嚐美味。

猜拳輸的隊伍，就要送一個小孩到贏的隊伍那邊。

美味，美味，多治見有美味。
什麼美味？
鰻魚真美味。
給我鰻魚。
來吧！猜拳，猜拳來嚐美味。
這次是上回輸的隊伍贏了，被送去的小孩回來了。
美味，美味，多治見有美味。

什麼美味？
稻米真美味。
給我稻米。
來吧！猜拳，猜拳來嚐美味。

雙方就這樣，你來我往地玩得不亦樂乎，直到天色漸漸昏暗，烏鴉結隊歸巢，小孩們才會爭相跑回家，小河童鰻們也回到土岐川的巢穴。

2

有一天，在一個梅雨季節的黃昏，小河童鰻們和孩子們利用雨停的空檔玩耍。後來小河童鰻們要回家時，卻發現土岐川

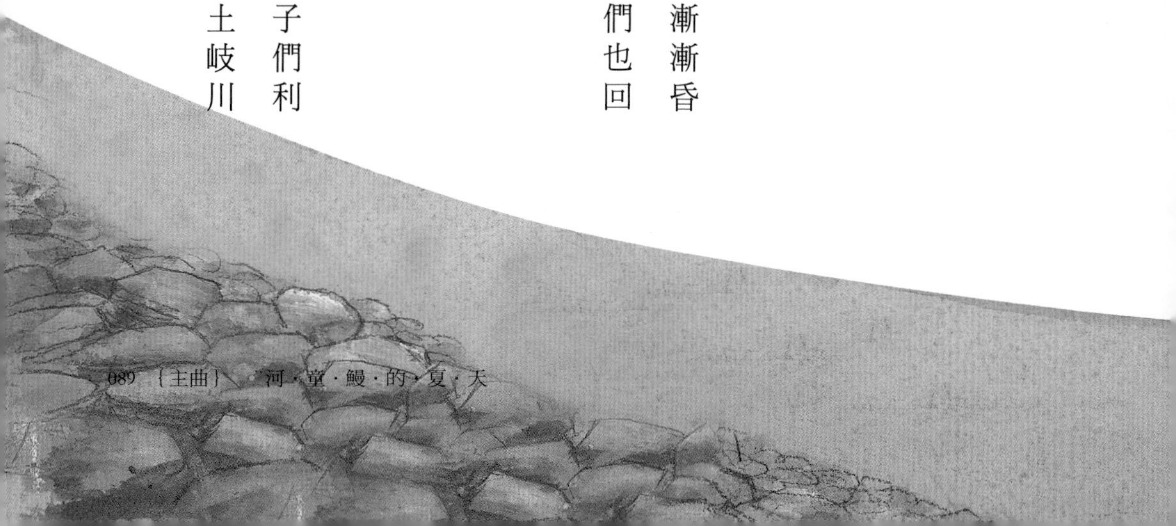

的河水從藍色變成白色、清水變成濁水。

小河童鰻們通常會穿越川底的小洞回到巢穴，但突然白濁的河水讓牠們找不到回去的小洞。牠們悶悶不樂地坐在岸邊望著川底，正好有一位收工的農夫路過，他關心的問：「小河童鰻啊，怎麼還不趕快回家，爸爸媽媽會擔心。」

小河童鰻們回答：「因為川水變成白色，我們找不到回家的洞穴，現在不知道該怎麼辦？」

農夫聽了馬上帶著小河童鰻們回家，並叫自己的孩子在浴槽裡灌滿水，讓小河童鰻有地方睡覺。

到了第二天早上，農夫就去調查白色濁水是從何處流下來，一查發現原來濁水流自陶瓷工廠，而陶瓷工廠的主人是那位親切的陶工。

由於雨下了很久，所以製陶時所產生的白色水液，就從貯

水槽流出，這件事情也讓陶工很苦惱。

雖然，梅雨季節像是嘉惠農人的豐沛雨水，但對陶工而言卻是苦雨。況且雨下個不停，也無法進行加高貯水槽的工程。

農夫邊走邊思考著該怎麼辦，走到家門口時，遇見來尋找小河童鰻們的河童鰻爸爸。他知道小河童鰻們被農夫收留，才放下心來，一次又一次的向農夫道謝。

不過此時，土岐川仍是一片白濁，看來河童鰻父子還是回不了家。

但河童鰻爸爸不慌不忙，摸一摸戴在頭頂的碗碟，口中念念咒語，不久，天空的雲雨漸漸停了下來，雨停之後，水再經過沉澱，混濁的白水就變得清澈許多。

河童鰻父子終於可以回家，涼爽的初夏也降臨多治見。

親切的陶工，為了使河童鰻和孩子以後能夠回家自如，趁著初夏的好天氣，立刻將貯水槽的堤防築高，讓白水不會溢出，流進土岐川。

3

這個夏天的天氣有點異常，初夏後一滴雨水都沒有再降下來，多治見成了全日本最熱的地方。農夫苦不堪言，急忙站在土岐川的堤防上，大聲呼喚著河童鰻。

不久，河水澎湃，河童鰻破浪而出。農夫告訴河童鰻，老天一直不下雨，悶熱的氣候讓農作無法生存，人們也熱得受不了。河童鰻一聽，立刻摸摸頭頂的碗碟念咒語，不一會兒，天空便下起西北雨來。雨停之後，涼風吹起，一旁虎溪山也高掛著美麗的彩虹。

4

每年的夏天，多治見的居民為了感謝河童鰻的幫忙，都會將河童鰻的銅像放在轎子上，抬著遊街。沿路居民為了表達敬意，都會將水潑在河童鰻的頭頂碗碟，漸漸成了今日多治見的潑水節。

現在，想吃美味的鰻魚補充體力，多治見的居民都會響應

參加「河童鰻潑水節」。潑水節就在夏天舉行，此時的多治見常是全日本最熱的地方，來自各地的觀光客，會前呼後擁地來此感受最具熱情與活力的夏天，整座城市在潑水節，總會熱鬧滾滾。

今天還可聽到小孩們的歌聲：

看到了嗎？
在多治見看到沒？
日本最熱的夏天，
在多治見看到了。
看到了嗎？

在多治見看到沒？
河童鰻父子們，
在潑水節上看到了。

看到了嗎？
在多治見看到沒？
看到了，看到了，
美麗的彩虹如橋，
掛在虎溪山上。

河童鰻的子女們也一起歌唱吧！
真是幸福，幸福。

時四郎的美濃燒傳奇

古時候，在日本多治見的土岐川邊，有位武士在黃昏時刻，凝視著小雪徐降的川面。

這位武士叫川中時四郎，是陶工川中時秀的第四個兒子。年少時，他懷抱著凌雲之志，離鄉背井，投身在土岐的武將門下，從一名足輕小卒（註：下層步兵）做起。驍勇善戰的時四郎，屢次建立戰功，一步步升為大將。但是，在一場決定天下誰屬的關鍵戰役中，時四郎這一方卻連連戰敗，最後所有的將、兵各自逃散，撿回一條命的時四郎也踉踉蹌蹌地奔回家鄉多治見。

闊別家鄉二十多年的時四郎，依著年少對住家位置的記憶，尋路回家，好不容易到了多治見，他感覺好像是自己住過的地方，卻只見這裡已變成空無的一片雪景，年少的場景，似乎已不復見。

這時敗戰又無家可歸的時四郎，坐在覆蓋著薄雪的柳樹下，望著土岐川，想起了年少時的一些往事。

2

年少時的某天清晨，時四郎被一陣笛聲喚醒，循著美妙的笛聲，他來到土岐川邊，看見在蘆葦草叢間，有位美如天仙般的少女，正吹著橫笛。

時四郎心想：「若不小心讓天女發現有人在偷聽，她就會返回天上去了。」於是他靜靜地躲在川邊的柳樹蔭下聽著笛聲，絕美的音色，讓他心境感到十分安穩。

突然間，母親的聲音傳了過來：「你怎麼了？媽媽一大早就看不到你，擔心地在找你。」

「媽媽，你看那邊！」時四郎看了母親一眼說道，但再回頭時，天女已經不見了。失望的時四郎不由得責怪起母親不該出聲驚擾天女。

「是這樣子啊？有天女在？我真是壞事。」母親笑著轉身走回家去，像是不相信有天女存在的樣子。

從那天起，時四郎接連幾天的早晨，總會聽到天女吹奏的笛聲，每當笛聲一響起，他就會立即奔跑到川邊聆聽，可是每次跑到川邊，天女就不見了。一個多月後，再也聽不到笛聲。時四郎心想：「也許那女孩真是天女，所以消失了。」

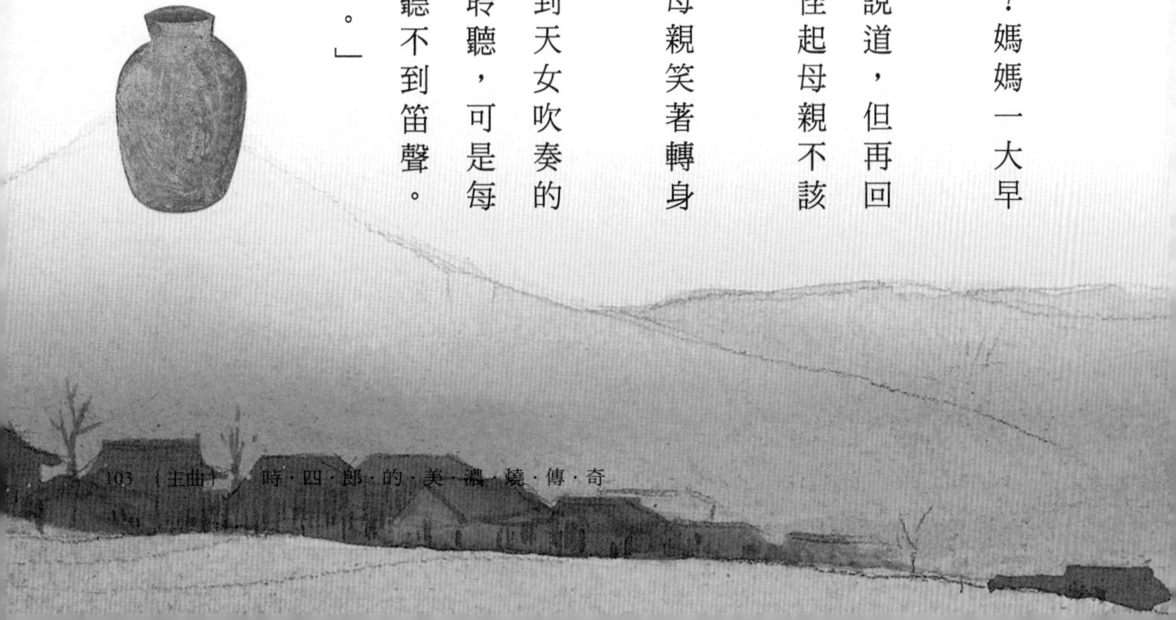

坐在川邊回憶年少的時四郎，想到如今家族四散的自己，一股絕望與空虛湧上心頭，感到了無生趣，於是從腰間拔出短刀，準備切腹自盡。

就在這個時候，黑暗中傳來一個聲音說道：「時四郎，你要尋死？還早啦。」只見河堤的岩石發出微微的光芒，一陣風吹來，一位穿著白色衣裳，留著長鬍子的白髮老人站在岩石上。

時四郎將短刀收起，走向老人說：「我是個敗將，所有的努力都已化為泡沫，連想回家也無家可歸，內心實在一片空虛，除了死也沒有別的後路了，你就成全我吧。」

老人答道：「打敗仗並非人生全部的失敗，現在的你，其實還有一種力量，只是你還沒發現，所謂『時中造時，時外造己』，總有一天，你會成為在時外造己的男人。」

「我不太懂你的意思，請問你是誰？」時四郎問。

當時四郎問完話，就在剎那間，雲朵散開，皎月現姿，月色映照在土岐川面。老人將手中的拐杖一揮，川面頓時一分為二，出現一條金色的走道。

「我是住在土岐川中的仙人，請跟我來。」

時四郎跟著仙人走在金色的走道，仙人指著一間茶室，說了句：「請進」後，就消失無蹤。

當時四郎走進茶室內，發現仙人已在裡面泡著茶，茶室的中央掛著一幅字聯，上頭寫著「時中有時，時外有己」八個字。

時四郎喝著仙人遞過來以黃瀨戶茶碗所裝的茶（註：日本岐阜縣美濃地區窯場林立，當地盛產的「美濃燒」是日本首屈一指的陶器。「美濃燒」又分為「黃瀨戶、瀨戶黑、志野、織部」四種，各有其色彩與特色），喝完後發現茶碗底部刻著父親時秀的名字。時四郎驚訝地抬頭望著仙人，但仙人並未回應時四郎的疑惑，而是手指著窗外說：「你看那邊。」時四郎依著仙人手指的方向望去，看見土岐川邊的堤防上盛開著爛漫的櫻花，彷彿茶碗上的繪畫。

時四郎對此美景驚嘆至極，仙人說：「美的極致在人心中」，同時拿出一只黃瀨戶茶碗。

突然間蟬聲大作，時四郎不由得望向窗外，看到父親正從窯裡取出燒好的茶碗在浸水。

「你是燃燒的生命繼承者。」仙人的聲音將時四郎的思緒

拉回。接著，仙人拿出織部的茶碗，時四郎再次望向窗外，映入眼簾的是滿山紅葉的虎溪山永保寺美景。

「美中有美，美濃正在等你。」仙人不等時四郎回話，又接著說：「陶藝是一座人與人、心與人的往來橋梁。」仙人一面說著，一面端出以志野茶碗裝盛的茶，志野茶碗引出美味的茶香，讓時四郎多年的疲勞頓時消失殆盡。

「這實在是相當美味的茶。」時四郎向仙人道謝，突然間，窗外的景色又變成土岐川的雪景。

「你要懂得在『時中造時，時外造己』。」仙人說完後，就請時四郎再順著剛剛過來的那條金色步道走回去。

一回神，時四郎發現自己原來仍坐在川邊，月亮還在原來的位置，河邊的石頭仍是覆蓋著一層雪。雖然剛剛在茶室裡可以感受到一年四季，但時間並未真正疾逝而去，難道真的是時間之中還有時間嗎？

時四郎感覺美夢似醒非醒般望著月亮，突然又聽見年少時那魂牽夢縈的笛聲。

「這個笛聲是真的嗎？還是我的幻覺？」時四郎抱著不可思議的心情，往笛聲傳來的方向走去，只見一名陌生女子正吹著笛子。

「時四郎先生，我等你很久了。」女子突然停止吹笛。

「妳是……」

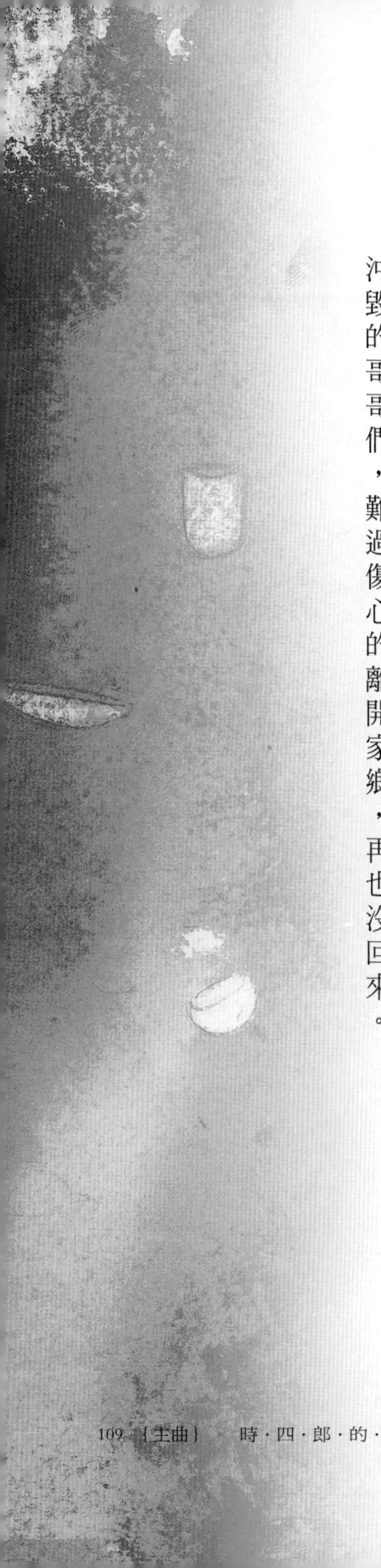

「令堂在等你。」

時四郎半信半疑的跟著女子回家，一進門就看見年邁的母親坐在裡頭。母親見到時四郎平安歸來，又驚又喜。

5

原來，時四郎離家後，多治見就遇到接二連三的洪水侵襲。某次水災，父親陶工川中時秀與母親為了去陶房搶救陶瓷的釉藥，結果被洪水沖走，自此了無音訊。看到家與窯場都被沖毀的哥哥們，難過傷心的離開家鄉，再也沒回來。

被洪水沖走的母親，奇蹟似地被人救起。無家可歸的她，所幸有同村好心的人，幫她建造了一間小屋暫時棲身。

有一天，一位美麗的女子突然來到母親的面前。

「我的名字叫喜娜，家父是雲遊各地的走唱者，小時候，因為家父工作的關係，曾在這裡逗留了一個月，每天早晨都會到川邊練習吹篠笛（註：「篠笛」是由川竹製成的日本傳統木管樂器）。那時，有位男孩每天都會來聽我吹笛，聽說是貴府的時四郎先生。我生平還未遇過願意傾聽我笛音的人，從此以後，我夜夜都會夢到自己回到這裡，嫁給時四郎先生。」

時四郎的母親這才想起，那段兒子一大早就跑去川邊聽少女吹笛的往事。

喜娜繼續說：「聽人說，伯母與家人離散後，天天期盼著時四郎歸來，我也這麼盼望著，請讓我留在您的身邊，一邊侍候您、一邊等時四郎先生歸來。」

母親欣然同意，於是，喜娜就留下來與時四郎的母親一起生活。

喜娜演奏篠笛的技巧高超，表現出言語所無法表達的喜怒哀樂，很快就在鄰里間獲得好評，來討教者、邀請演奏者絡繹不絕。

吹笛子之餘，喜娜也勤奮的種植作物、做短工，不斷努力

之下，終於擁有一間屬於自己的屋子。

喜娜對時四郎的母親說：「等時四郎回來，一定會繼承父親的志業成為陶工，而且會把此地變成陶都。」於是，便在屋旁建造了一間小陶房。

然而，雖有陶窯，卻無主人。每逢夜晚，沒有時四郎的家，總是瀰漫著一股孤獨寂寞的哀愁。此時，喜娜就會靜靜地離家到川邊吹笛，期盼著與時四郎再次相會。果然皇天不負苦心人，喜娜終於與時四郎相逢。

7

因失意而一心尋死的時四郎不可思議的遇見仙人，不久又與年少時思慕的天女喜娜相逢，如此巧妙的命運安排，讓時四郎決定遵照神明的指示，繼承父親的陶窯，開始另一段新的人生。

決心放棄當武士，轉而繼承父親志業當陶工的時四郎，記憶中只有在年少時見過父親製陶的背影，絲毫沒有學到父親的手藝，現在三十歲的他，可說是一點製陶的經驗都沒有。

於是，時四郎轉而請教父親的友人——轆轤拉坯的名人（註：轆轤俗稱拉坯機，是種製作陶器的工具）。但友人回答：「學習取土需六年的工夫，學會練土要花三年，練習轆轤拉坯要十年，期間還要了解釉藥。想要成為一名獨當一面的陶工，少說也要二十年，可是那時後，你年紀已不小了。難啊！難啊！」（註：「取土」指的是「取得黏土」，黏土的好壞是陶瓷作品良窳的先決條件。過去採土時，完全憑師傅的經驗，以可塑性的大小做為土質高低的標準。接著製陶過程還需進行「練

土」這一步驟，目的是要使泥土均勻、軟硬度一致，同時去除黏土中的空氣，捏土或拉坯時，才不易扭曲變形。此外，若土中存有空氣，燒陶時會因熱脹冷縮使坯體爆裂。）

時四郎苦苦懇求，最後這位友人終於說：「我可以收你當學徒，但我窮得無法付你任何工錢。」時四郎回家和喜娜商量，喜娜說：「你就放心地去當學徒吧，家裡的一切我會照顧。」於是，時四郎開始學藝，踏出成為陶工的第一步。

但是，一開始師傅只讓時四郎在旁觀看，尚無任何實際操作的機會。一想到家中有老母要奉養，時四郎不免有些著急，多次興起放棄的念頭。直到有一天，時四郎看著師傅操作轆轤，突然想到仙人的話：「在時中造時。」

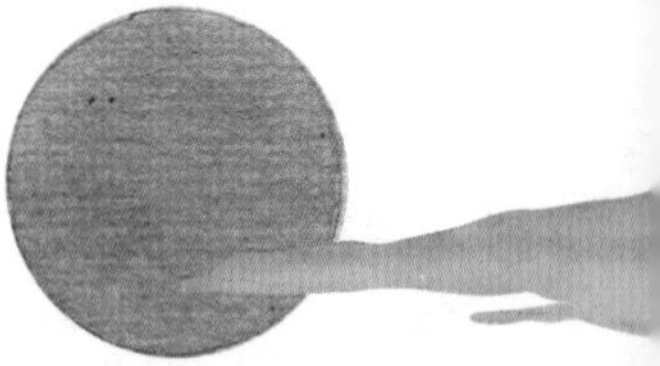

「對呀！我只要把自己修行的速度加快就好了！需要兩小時的，就想辦法花一小時完成，這樣等於有雙倍的時間；三個小時的工作在一小時完成，時間就有三倍，如此一來，二十年的修行只要花七年就可以完成。此外，雖然工作時間是八小時，但一天有二十四小時，即使工作延長到十六小時，仍有充足的時間休息和睡覺，這樣算下來，我只需要四年的時間就可以獨當一面了。」

就這樣，時四郎以驚人的速度持續進步，僅僅三年就具備了製陶的基本功夫，獲得師傅的肯定與許可，成為獨當一面的陶工。

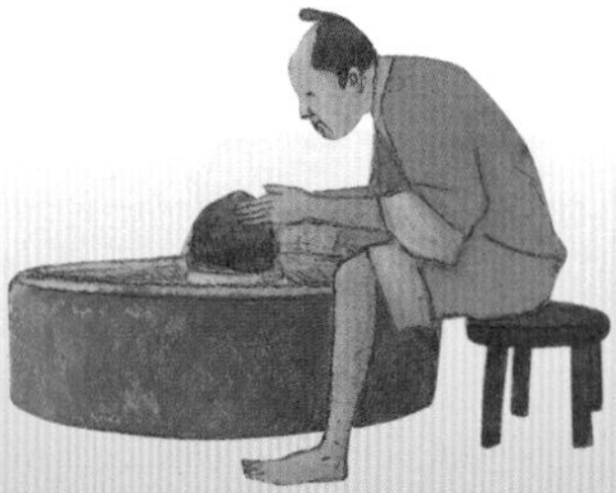

回到家後，時四郎每天都在喜娜所建造的陶房中努力工作，製造出來的茶碗也獲得好評，購買人潮大排長龍、絡繹不絕。

生意好、弟子增加了，生活也更富裕了，日子就在繁忙中靜靜流去。

有一天，時四郎的母親對他說：「我有了好媳婦，你也繼承了父親的志業，我沒有任何遺憾了。」不久便安詳平和的離世。

母親離世後，時四郎常感到空虛，心情低潮的日子愈來愈多。有一天，時四郎望著陶窯中的火焰問喜娜：「我是為了賺錢、過富裕的生活而當陶工嗎？雖然總算盡了孝道，但一想到自己一輩子就要這樣老朽下去，不免感到萬念俱灰，無法專注於工作。」

喜娜說：「你與我相見的那天晚上，你說從仙人那裡獲得生存的勇氣，當時仙人還教你什麼？」

時四郎腦海中浮現當日走下土岐川的月光小徑，進入奇怪的茶室之情景。他透過圓窗看見多治見的四季和父親的身影，當日喝茶所用的茶碗，也都是父親的作品。

仙人所說的「在時中造時」的謎題已獲解答，可是「美中有美，美濃在等你」、「時外要造己」，到底指的是什麼？

「喜娜，如果我無法領會仙人話中的意思，我就無法再製陶了。」時四郎說完後，再度陷入沉思。

第二天，時四郎獨自坐在土岐川旁思考仙人的話。他知道，只要自己無法領會「美濃之美」，就無法繼續往前邁進。於是，時四郎取出紙筆，開始在多治見四處寫生，彷彿完全將製陶這件事置之腦後，人們也開始盛傳時四郎要放棄當陶工，改做畫匠。

9

四季流轉，一年很快過去了。時四郎的弟子覺得師傅無心陶藝，紛紛求去。時四郎的寫生則愈來愈精緻，但即使美麗的繪畫堆積如山，時四郎仍因無法領會仙人話中的真意而苦惱著。

有一天，時四郎握著畫筆望著天空時，喜娜突然問：「仙人為何要用父親的茶碗為你奉茶？」一聽到喜娜這麼說，時四郎立刻放下畫筆，跑去後山的廢物堆積處，撿拾父親過去所丟棄的陶片。

「喜娜，謝謝妳，謎題稍有解了。『美中有美』指的並非寫生描繪自然之美，而是要將存在於美中更美的地方引導出來，也就是捨棄優美，而只繪真美，是否就是這個意思？」

喜娜說：「父親用單純的筆調在陶片上完美展現多治見的美麗景觀，仙人可能就是要提醒你這一點。」

時四郎說：「父親雖已不在世上，卻超越時代，活在茶碗中。仙人所說的『時外造己』，可能就是教導我不要迷惑於現實，要創作出超越時代的作品，成為人心的橋梁，就像父親的作品一樣。」

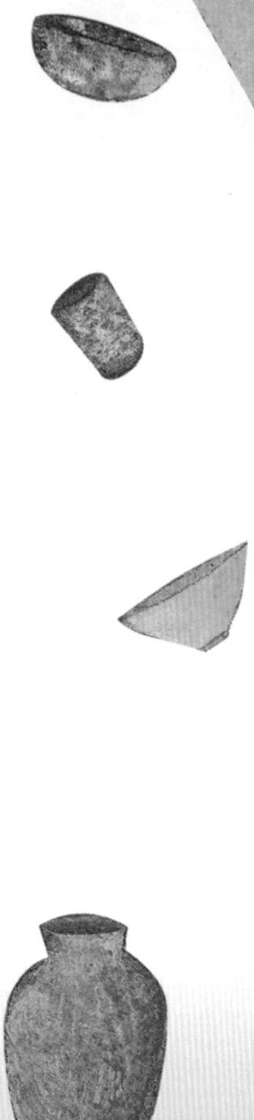

從此以後，時四郎就把父親的陶片帶在身邊，回歸初衷，繼續製陶，但不再出售燒成的作品。

時四郎覺得自己尚未製作出超越時代的作品，喜娜也毫無怨言，仍然以吹奏篠笛與種植農作物的方式維生。

鄰居覺得很奇怪，常來探看時四郎的陶房，發現瘦骨如柴的他不再運轉轆轤，只管捏土製造茶碗。

「你是怎麼了？」鄰居好奇的問。

時四郎一句話也不說，由喜娜代他回答：「時四郎如今做的茶碗不是給現代人看的，而是能超越時代的茶碗。他是懷抱著這樣的心情，廢寢忘食的作陶。」

於是，有關時四郎因母親逝世、過度悲傷而發狂的傳言四起，也愈來愈多人相信傳言所說不假，因為有人看到時四郎使勁打碎自己辛苦很久才燒成的作品。

11

一年又一年的過去，揀土、作型、描繪、上釉、燒成、而後將其打碎，時四郎日日過著這樣的循環。

終於，期待的日子來臨了。

某天，時四郎照常用鐵夾取出燒得通紅的茶碗，將其浸入水中後，慢慢觀看出現光澤、素黑的織部茶碗時，點點頭說：「在時外造己。」

在作品完成的一瞬間，時四郎明白了仙人的話。他創作了黃瀨戶、志野、織部等作品，這些作品超越了時代，成為人心交流的橋梁。這些作品，不久便成為京都皇親貴族、茶道人士垂涎爭取的標的。

12

有人說，喜娜是天遣下凡的天女，為的是保護美濃燒。傳說在時四郎成功燒出超越時代的茶碗後數十年，某個明月之夜，時四郎的陶窯上出現仙人，將陶窯冒出的煙絲變成黃色雲朵，讓時四郎與喜娜坐上黃雲，奔向明月。

直到現在，人們仍無法確定上述人物是否真實存在過。但是，在多治見卻陸續有超越時代的名工出現，讓「美濃燒」揚名日本、甚至世界。如今，人人都稱多治見為陶藝之都，簡稱「陶都」。

魔法鉛筆

「媽媽，我好想養小狗喔！」太一纏著媽媽，不斷拜託著。

「可是狗狗一旦長大，照顧起來可不好玩喔！如果狗狗綁上狗鍊，你也會被拖著走。還有，誰要負責照顧狗呢？爸爸跟媽媽都有工作喔！」

「媽媽妳不要擔心，只要小小的狗就好，我會負責照顧牠的。」太一說著：「聖誕節快到了，我要去修道院拜託神父，請聖誕老公公今年送我一隻可愛的小狗當禮物！」

每年聖誕節，太一都會因收到聖誕禮物而開心不已，這時候媽媽也總會在一旁說：「昨天晚上聖誕老人有來家裡喔，他說太一是個好孩子，要把禮物送給你。」但如今面對太一想要小狗當聖誕禮物的心願，媽媽面有難色，不知道該如何是好。

平安夜當天晚上，太一充滿期待地爬上床，期望聖誕老人會送來可愛的小狗。

2

隔天早上，太一睡醒後，發現枕頭旁多了一個箱子，箱子上寫著「魔法鉛筆」。太一好奇的打開箱子，裡面有張紙條寫著「這是使夢想成真的魔法鉛筆，請以筆畫出你想要的東西吧！」

太一邊揉著眼睛，邊畫出他一心想要的小狗，並在狗狗的脖子上畫上狗鍊。沒想到，畫出的小狗竟然變成真正的小狗，太一拉起狗鍊，小狗馬上拖著太一衝出家門，並開口對太一說起話來。

「我的名字叫傑米。」

「啊？你會說話？好神奇啊！」

「是的，其實我已經被關在魔法箱裡面很久了，都不知道外頭發生了什麼事，請你帶我出去散散步好嗎？」傑米如此說道。

太一於是牽著傑米散步，邊走著傑米邊問：「太一，將來你想做什麼？」

「我嘛，我要當畫家，或建築設計師。」

「如果當了建築設計師後，你有什麼計畫？」

「我要把這條街變成全日本、全世界的人都想來觀光、最富有朝氣、最突出的街道。」

「既然如此，我們就先逛逛這條街景吧！」傑米邊說邊往前走。

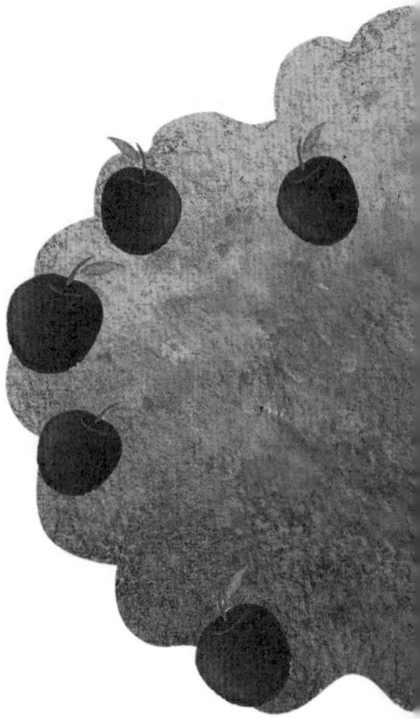

「這條街道的特色與優點是什麼？」傑米問。

「這條街道，還有街道上的人都很有活力，特別是街道上的人都十分親切溫和。」

「而且這裡是生產精美美濃燒的陶藝中心，磁磚生產也是日本第一，可說是陶藝之都。」太一繼續說著。

「想讓人一目了然，知道這裡是陶藝之都，一定是個大工程。」傑米說。

「還有，這裡的鰻魚也很美味、和菓子也很可口，爸爸還說這裡的酒和葡萄酒都很香醇。」太一邊說著，口水不自覺地流了下來。

「太一，快起來，還在睡什麼懶覺。」媽媽的聲音傳進太一的耳朵裡。

「什麼嘛，原來是一場夢呀……」太一失望地說。

媽媽接著說：「昨天晚上聖誕老人有來喔，要送太一一隻小狗，但把小狗裝在袋子裡面拿來，那小狗也太可憐了，所以就把小狗暫時存放在寵物店，我們一起去看看吧。」

太一與媽媽一同到了寵物店，發現夢中的傑米居然就在店裡。

「傑米！」太一高興的大喊。

「什麼？你已經幫牠取名字了啊？」媽媽驚訝地說。

於是，太一高高興興地把傑米帶回家，並決定帶著傑米參加在兒童館的聖誕集會，讓同學看看傑米。

4

兒童館裡，太一的同學治朗、美紗已經來了。

「這隻小狗會說話喔！」太一驕傲地說。但傑米卻一句話也不講。

「你說謊，你說謊！」其他孩子們圍著太一叫嚷著，把老師引了過來。

太一又說起魔法鉛筆的事，孩子們又是一陣大笑，只有老師一本正經地說：「真的有魔法鉛筆喔！」

孩子們一聽，開始騷動起來。

「真的嗎？真的有魔法鉛筆嗎？」

「是真的，你們大家都有魔法鉛筆，老師小時候就有過。」

「老師小時候就想當老師，所以就用自己的魔法鉛筆不斷寫著『要當老師』，也不斷想著要當老師。現在，我真的當上老師啦！所以老師的鉛筆一定是魔法鉛筆，每個人也應該都有。」

一瞬間，所有的學生都靜了下來。

「不如這樣吧，老師發給大家一人一張紙和魔法鉛筆，請大家寫下將來長大後的志願。」老師邊發邊說。

於是，孩子們都非常認真地在紙張上寫著將來想要做的事情。

美紗寫下想當蛋糕師傅；太一寫下想做建築設計師。

老師說：「每個人個性都不一樣、志願也不一樣，真是有趣。老師會把你們寫的內容，保管在兒童館裡，等各位長大了，再來兒童館集合，你就會知道自己也曾擁有魔法鉛筆。」

5

老師接著出了家庭作業：「快要元旦了，大家利用這段假期，好好觀察街道，然後也用魔法鉛筆寫下希望街道變成什麼模樣吧。」

聖誕集會結束後，太一帶著傑米、治朗與美紗離開兒童館，好好去觀察街道。

美紗提議：「我想銀座通的洋貨店老闆，應該還保存著舊時街道的照片或地圖，我們去看看好嗎？」

三個人到了洋貨行，老闆滿面笑容地拿出老舊的地圖與照片。那些地圖、照片，至少都有五十年以上的歷史了，照片中的街道洋溢著生氣，每個人都看起來生龍活虎。

看完了照片與地圖，治朗接著提議：「前面有個西浦公館，可以看到百年前西浦燒的水壺，因為它，讓美濃燒聞名於世。裡面還有各種古物，我們也去看看吧？」

看完西浦燒後，治朗雙手放在胸前說：「我們應該要保護這條街的自然、傳統文化和藝術，將這些傳給下一代。」

逛完了街道，三個人在車站前互道明年再見而離開。

太一對傑米說：「我想要成為設計師，讓這座城市成為最摩登、繁華的地方。」

6

假期結束後，孩子們又回到兒童館參加新年會，每個人都帶著以魔法鉛筆所描繪的、心目中的多治見街景。

太一所畫的多治見，高樓大廈林立，太一心想著，其他人應該也是畫大樓，不過自己畫的大樓一定是最高的。

但是，美紗所畫的街道，卻和洋貨店老闆所保存的舊照片差不多，陶瓷店、洋貨店、水果店、酒店、雜貨店、糖果店等，尤其是糖果店前大排長龍，好不熱鬧。

「妳為什麼會想這樣畫呢？」太一問。

「因為，我覺得以前的多治見很美麗，很讓人喜歡。從前的多治見不僅鰻魚好吃，和菓子也很美味。我告訴你，我要在這間甜點店當主管，將會有很多人從世界各地專程跑來吃我賣的甜點，到時候太一你也要來喔！」美紗邀請著太一。

更令太一吃驚的是，治朗畫的，也是百年前的多治見。以虎溪山為背景，土岐川川水悠悠流著，山腰上神社、佛寺、製陶的土房林立。至於街市中心，只點綴著舊時的陶瓷店、老房屋以及美麗的田園，既沒有車站，也沒有商店。

「治朗，你畫成這樣，沒有房樓、車站，也沒有商店、住家，人到底要怎麼過日子？」

治朗慢條斯理地說：「考慮到人類與地球的未來，我覺得還是盡量保存自然比較好。但我們人類也要活力充沛地生存下去，所以將歷史建物或文化遺產留在地表上，而多治見的未來都市就該活用陶瓷技術，建造符合環保的『地下都市』。」

「要生活在見不到太陽的地下……」太一疑惑地問著。

「如果像你所畫的，高樓大廈林立的城市，地上同樣也照不到陽光啊！我要地面上充滿綠色、氧氣充沛，並且遮蔽有害的紫外線，營造明亮、環保又舒適的地下都市。」治朗接著說。

太一突然覺得，眼前的治朗變得好有理想、好偉大。

這時老師也來了：「怎麼樣？你們都用魔法鉛筆，畫下未來的多治見街景了嗎？」

大家開始七嘴八舌地討論起來，十分熱鬧。

「老師，大家畫的都不一樣，到底誰才擁有魔法鉛筆呢？」有人問。

老師微笑著說：「再說一次，大家都有一支魔法鉛筆。」

「可是，大家畫的畫都不同，如果大家的鉛筆都是魔法鉛筆，那麼大家畫的圖應該要一樣啊！」治朗說。

老師回答：「街市的未來，是由住在這裡的人的心態決定。即使畫了圖，如果缺少了創造的心態、意志和努力，用魔法鉛筆所繪出來的東西，也會消失不見。人人都有魔法鉛筆，但想讓繪畫內容實現，要靠各位繼續懷抱夢想，並不斷努力實踐。」

聽到老師一席話，每個人的眼睛都亮了起來，夢想著這座城市將會變得何等偉大而心動不已。

7

兒童館的新年會，成為太一、美紗、治朗三人永遠忘不了的回憶。

在回家的路上，太一拉著傑米，與美紗、治朗默默地走著。

「這裡畢竟是充滿夢想與魔法的城市。」突然間，三個人彷彿聽到傑米自言自語。

〔插曲〕

旅途有感

最上川與多治見的所見所聞

走在細道上，感其細心在

三百五十年前，松尾芭蕉帶著名叫曾良的門生，花了五個月時間從江戶出發，翻山越嶺去拜訪名勝古蹟，走過內陸奧境，踏出深山細道，而終止於伊勢神宮。

日本俳句聖人松尾芭蕉每到一地必留一句，走過的地方必有其留下的痕跡。這些創作帶動了俳句品質的提升，使他成為日本人尊敬的對象。日本人尊敬他創作的俳句，也尊敬他所堅持的理念，尊敬他所懷抱的鄉情。

在日本東北地方山形縣的「最上川」及「山寺」，有松尾芭蕉行腳的痕跡，而成為觀光景點。山形縣是窮鄉僻壤之地，

卻因芭蕉留下的「奧之細道」而具觀光價值；後來又因電視劇「阿信」的轟動，使山形縣盛名遠播；如今又有「東北公益文科大學」之設立，成為國際焦點。社區營造不在社區資源，而在住民創造。

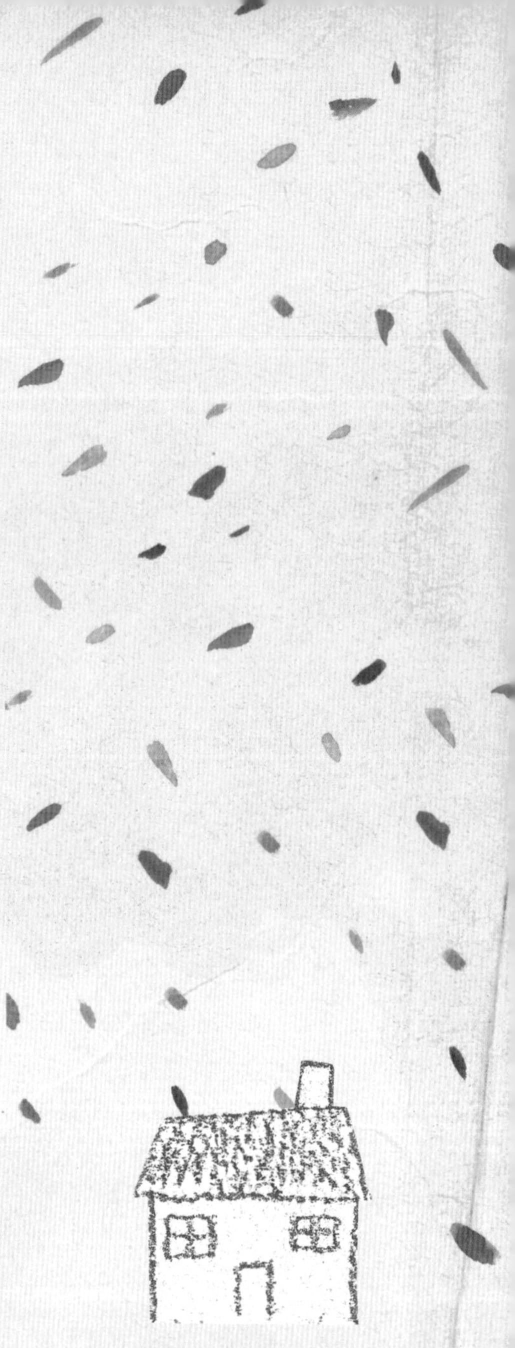

東北公益文科大學是私立性質，是民官學三者的產物。山形縣原無大學，縣民殷殷期盼縣內有大學，加上一批慶應大學的學者熱切期望能有社會公益之學問建立與研究所在，而縣政府也有意振興地方經濟文化，於是三者之願望合而為一，乃於二○○一年促成了世界唯一專攻公益學問的專科大學。其特色是公設民營，其理念是我為人人。

東北公益文科大學的設立，給人的啟示是個體願望的實現可借用他人的力量，期許山形縣的「奧之細道」將會因其努力而成為「公益大道」。他人的力量、自己的努力可相輔相成。

在「奧之細道」的最上川河流的休息站販售著紀念品，當地之農產品、加工品應有盡有，引人感奮其地方特色之豐富。其中有一杉木製成的掛牌，寫著「言語」：

因一句話而吵架，
因一句話而泯仇，
因一句話而行禮，
因一句話而哭泣，
一句話——句句有生命。
言語是心境，慎言是要，細聽為重。

不僅杉木散發著自然香，杉木上的字句也飄溢著人生香。

筆者行舟於最上川，聽船夫介紹兩岸風景、芭蕉俳句、傳統艷歌而後車行路上，住進上山市的「古窯旅館」——日本百選旅館之第二名。

這家旅館古色古香，在其大廳有一龐大陶壺，其高有一人半身，其大須雙手圍合，旁邊立著木牌，寫著「愛之壺」，註明「所投進的銅幣將在年底全部捐獻給福利團體，感謝你的捐獻。」

看過電影，有人在羅馬市街投幣於噴水池內，祈求幸運來臨；看過此木牌，不由得連投銅幣於愛之壺內，協助布施。

「古窯」這個旅館不僅有大壺讓旅客有布施機會，也有各式各樣之陶瓦作品陳列於走廊上，使旅客享賞心悅目之樂；而早上用餐時，在餐盤上放有一片小卡，卡上寫著：「早安，今天的天氣預報是晴，請以晴朗心情踏上旅途，祝有美好的一天。」看了此卡不禁會心一笑，旅館的服務居然細緻到如此程度。難怪臺灣的《自由時報》會整版介紹此家「古窯旅館」，其介紹文章以複印方式放置在房內。

與古窯如出一轍的是上一個晚上住宿的遊水亭。晚上睡前去泡湯，回房後發現寢具已鋪得整整齊齊，感嘆其作為細膩之

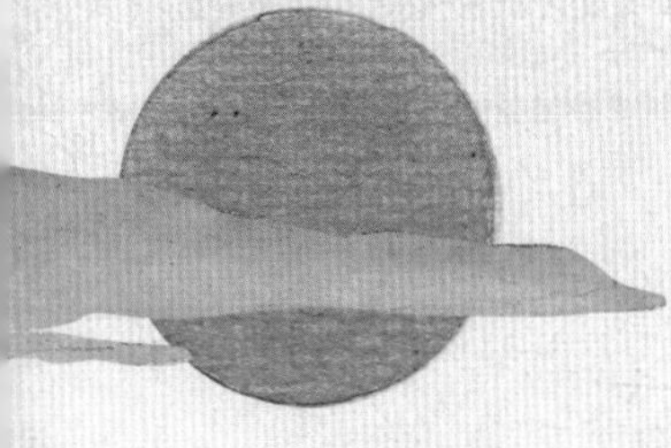

際，更發現枕頭上有一張小卡，卡上寫著「夢」。定是祝福入眠有好夢。打開一看，寫著「感謝來住宿。為要鋪裝寢具來打擾，見人不在，只好擅自進來，實在抱歉。如有不周之處，請儘管吩咐櫃檯。祝你有好夢。」真是無微不至的服務，令人備感窩心。

一早帶著晴朗心情去登「山寺」。該山有立石寺、有日枝神社、有仁王門、有鐘樓、有如法堂等。從山麓到山頂須踏石階而上，其階共有一〇一五級。此階道叫參道，須懷虔誠之心而上。山麓的立石寺是松尾芭蕉曾投宿之處，該立石旁建有芭蕉與曾良之銅像，遊客可在銅像前拍照留念。

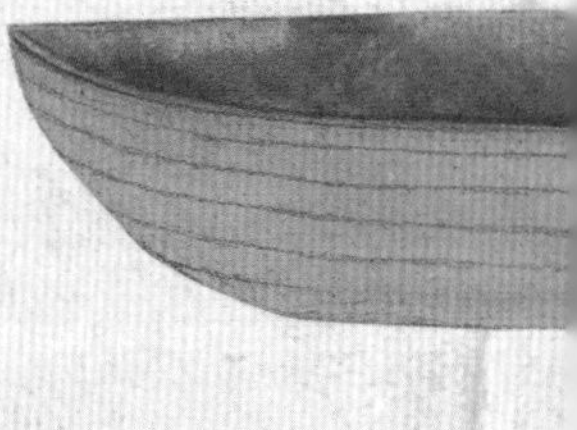

芭蕉一生不過四十六年，卻寫下長遠流傳的俳句，令人佩服。俳句是由五、七、五三行十七個日文字母構成的短句，卻能表達完整的情境或心境，可說是世界上最短的詩。芭蕉在立石寺留下了一句俳句，意譯可為；寂靜的蟬聲穿透岩石。可見七月夏天的千年古寺之環境是多麼平靜。

芭蕉是松尾宗房之名號，其內陸奧境遊記——《奧之細道》是一六九四年出版，而受到日本社會之注目始自昭和年代（一九二六年）。可見芭蕉也曾埋沒多年，然真價值卻不怕時光的流逝。

每天早上從飯店（或旅館）出發，以晴朗心情踏上旅途時，有保保旅行社的全陪導遊會為我們準備飲料，有時是礦泉水，有時是綠茶。在幾次的茶罐上均發現印有俳句得獎作品。那是日本最大的罐裝生產廠家伊藤園的心思。寫著「第十五屆伊藤園新俳句大賞」，利用商品包裝公布其徵選活動之得選作品五件。

其中有俳句三件可意譯為：

夏天的海掀起著光波，
隨性的風誘引葉飄落，
送行的人等待年之初。

此外，送進房間來的日文報紙，如《產經新聞》、《讀賣新聞》，天天有俳句十選之報導或評論。由此可見，日本的廠商、媒體均非常重視俳句之生活意義。在罐裝的四分之一面積、在報紙的八分之一版面，如此細小位置上也推廣俳句，如此不遺餘力，俳句在日本人心目中必定具重要地位，而松尾芭蕉之努力可謂為眾人所肯定。

芭蕉紀念館設立於高臺上，館內分三部分，其一是芭蕉遺墨展覽，其二是解說芭蕉的映象放映，其三是茶室奉茶，細分清楚。芭蕉紀念館是觀光名勝，遊覽車不斷進出，遊客川流不息，而其停車場、走道只見乾淨細沙，未見菸蒂紙屑。這種不汙染環境的公德，實值得吾人學習。

日本防制菸害，除了從生理健康方面著手外，最近也從環境保護切入。在環境保護方面，要求不得任意丟棄菸蒂，不得邊走邊抽菸，告知抽菸者有法律的禁止規定，有道德的不審禮貌。政府如此提倡公德的建立，實令人感其施政細膩精緻。

施政之目的在改變國民之惡習。要改變他人之惡習，政治家、行政者須先改變自己的惡習。在「奧之細道」的最上川終站，買到一塊杉木牌。名為「幸福八變」，其內文是：

如先改變自己，對方也會改變。
對方有了改變，心境也會改變。
心境一有改變，言詞也會改變。
言詞一有改變，態度就會改變。

態度一有改變，習慣就會改變。
習慣一有改變，運氣就會改變。
運氣一有改變，人生就會改變。

不知作者是何許人，然其觀察可說細微透徹。

總之，這一趟好鄰居文教基金會的四月考察之旅，有幸走進松尾芭蕉三百五十年前走過之一小段細道，也有幸在考察之外還有觀光行程。實在時時有幸，處處有福。

何其有幸發現日本人做事之細緻、想法之精密。可謂走在細道上，感其細心在。

設計使景美人樂

二〇一二年六月上旬隨團赴京都，參加日方國際扶輪親善會所輪值主辦之日臺雙方會議。會議之前，就聽到日本人感謝之聲不絕如縷。原是二〇一一年三月十一日東日本發生三災時，臺灣人之捐款居世界之冠。臺灣扶輪人之捐款則成為「希望之風獎學金」的基金，該基金將陸續撥款給此次受災之遺兒或孤兒，做為生活費與學費。讓遊者感到人生設計應以助人為樂。

臺灣人、世界人均熱血沸騰地踴躍捐出金錢、物品、人力等來救日本人脫離災難，真是令人感動。當天早上在旅館附近小道上散步，就在道旁見到貼在牌上之海報，強而有力地訴求著「救人者是人」。海報指出人是相憐相惜、相扶相傳的可貴主角。這海報讓路過的遊者掌握了其信息，認識了自己的存在可貴。

走在保存有合掌屋而被指定為世界文化遺產地之白川鄉小道上，看到路邊水溝是使用木板覆蓋的。白川鄉處於日本內陸，一年有四個月覆在深雪裡，賴以維生的產業為農業與林業，民風勤勉節儉。該木板水溝蓋是就地取才，且是棄物轉生。既能節省公共費用又能廢物再生，給遊者的感覺是人願與自然共生，而感恩環境之賜與。

小道旁有一棵百年枯樹，上頭掛著珈琲（即華語之「咖啡」）的廣告招牌，其招牌顏色、素材均如枯樹，讓遊者感到自然枯木與人為的招牌渾然為一體，而對天地肅然起敬，同時也對匠心別具之設計嘆為觀止。

後來走在福井縣永平寺的參拜小道，也被路邊咖啡座吸引。一張寬長木板，其上放著四個草墊，就在家屋牆壁與下水溝之間的狹窄走廊上，極為樸素卻引人注目。遊者覺得此設計巧妙，設計者發揮永平寺的禪味，以直線、以圓形的單純線條，營造了可供遊客心平氣和享受一杯咖啡的空間。遊者未在此坐享香味，但已領略空間設計之美妙。

據聞永平寺是法鼓山聖嚴法師修道之處，佛寺與遊者之距離因而拉近。在寺裡獲得一本開山始祖道元禪師之留言小集，其中描述「佛教是祈求導世助人之宗教；佛教之祈願正如親之

思子般。」遊者由此體會的是「不敢導世，但願能助人」，也祈願遠在國外之子孫能以助人為念。又言：「米粒、蔬菜皆有生命，豬肉、魚肉亦皆有生命。得之這些生命，吾道元禪師在《慕谷心》小集中等方得有生存之生命。是故吾等應心存感謝來吃飯用餐。」難怪日本人會在用餐前說「頂戴」，而飯後會行禮說「感恩」，遊者感到吾等受賜於大自然者何其多而不可勝數，先母生前也常告誡要虔誠敬天。

道元寺內古木參天，棵棵有間距，是百年前由僧人所種植，遊者感到古人之做事有計畫、營造有方法，而人工與天然顯出

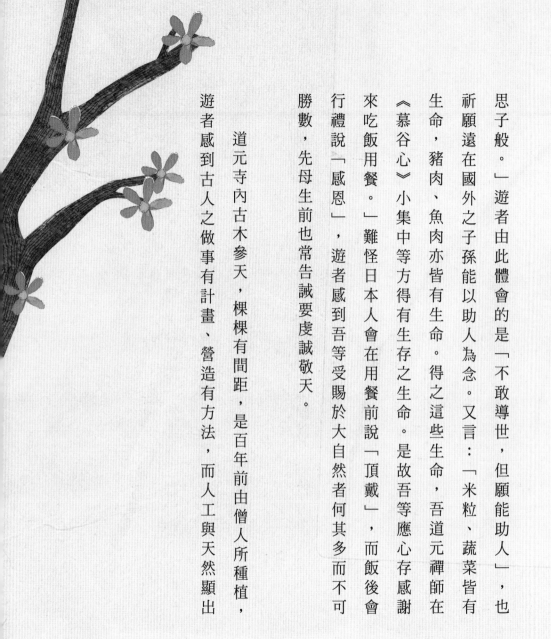

其合體之莊嚴。

日本人保存居住環境至為嚴謹，如走過之白川鄉、古川町等，讓遊者優遊在自然之美裡。日本人也善於創造生活藝品，使遊者觀賞之餘不禁購來欣賞。

後來入多治見市拜訪市長而聽其簡報。這位古川雅典市長自稱為多治見市的市政推銷員，呼籲吾等千萬別稱呼其為市長。要推銷市政就要有行銷技術，而其首要需有市政產品。多治見市之市政產品有陶瓷品，有鰻魚飯，有修道院，有古寺等。市長鼓勵市民利用多治見市自古以來既有之天然素材、傳統技藝，加入個人創意，研發、設計、製造藝術品或特產品等，以使市長本人提去市場推銷。古川市長為了推銷多治見市，特地邀請日本國家級創意家堀貞一郎寫了《多治見物語》一書，販售於市場上。又興建了一座「市民創造館」，陳列市政競賽得獎作品。這些陳列品件件是市民巧思後的創作。

多治見市公所的室內走廊牆壁並非塗以白漆，而是以馬賽克拼貼成一幅美麗的景觀，應

▲ 右起第四位為多治見市長古川雅典，歡迎扶輪臺日團。

是經過一番苦心構思。多治見市出現過四位「人間國寶」級的陶藝家，牆壁的力作是其中兩位之精心設計。

走在多治見市，不時看到路邊有排放整齊之垃圾箱，以回收分類好的廢棄物。觀久發現，這些垃圾回收分類箱異於日常見慣者，全是經過苦思而設計成案。異常之處在於其

▲ 多治見市市政大樓內牆壁上的馬賽克藝術作品，是該市的人間國寶國家級之作品。

是透明的，在在促使民眾易於丟棄垃圾在適當分類箱內，而免誤投。考慮民眾之易，而設計了透明之異。

古川市長鼓勵市民要勇於應用既有資源來創造，故其施政在古物再生，而不在都市更新，更要求市民做事要有擔當。故在路旁豎立告示牌，要求狗主把狗糞帶回家，正如人人都會把狗帶回去。勸市民，美麗的市容來自人人之態度習慣。

走在乾淨、整齊的多治見市街，彷彿置身在以社區營造成就聞名的古川町。四十年前，古川町的青商會會員為了使居民安適居住，乃發動簽定「市民公約」，要求人人至少自掃門前雪，並制定「景觀條約」，要求個體新建或修繕舊屋外觀時，需與左右鄰舍或整體之屋觀相配，以求美觀之設計。

由多治見市的小道或古川町的街道，想起五月上旬至德國參觀會展展覽。遊過杜賽道夫、柏林、柯隆等都市，在以「廢炭礦場再生」為設計概念之魯爾，遊者曾讚賞該地區之創意，變糞土為黃金。可見行政設計之妙。

魯爾有世界著名之紅點設計獎。臺灣這幾年陸續獲得競賽努力成果，而有年年紅點獎增加之快意趣事。走進紅點設計館覺得心情愉快，走進煤礦博物館則沉重情傷。煤礦是自然的產物，設計是人工的創作，卻同時存在於魯爾，讓遊者去懷念、也去前瞻。

走在魯爾小道上，邊思索此產業之演進史，突然望到四方箱子，起初不知其為何物，定神一看，方看到人行與「WC」

由而悟出是公共廁所。相信這是設計家的苦心成果。四方、黑色儼然不可侵犯，難怪那是尊貴的眾人解決不可窺伺的生理排泄之私人重地。

同樣是公共廁所，在柏林公園旁的設計，則別有風貌。在

綠蔭下有個圓型淺綠色建物獨自佇立在陽光下，顯得柔和可愛。詢問導遊，方知其為供行人遊客方便之公共廁所，想也出自名家設計。同是公共廁所，依設置環境之異而有不同風貌。魯爾區之四方黑色，顯得以剛配獷；柏林市之圓形綠色，突出以柔襯陽。

少女設計則呈現百態。遊者在柏林街道上所看到的少女設計是銅雕的，少女狀如呼喚，面對東方天空，那是在呼喚東德人民來投奔西德，以求自由民主。而在杜賽道夫的人行道上，所遇到的少女設計是印刷的，少女狀如招呼迎面而來的顧客。呼喚的少女、招呼的少女，均是基於不同要求而設計創作出來的，它們點綴了市景街道的美樂。而設計家之功用就在助人享有生活之美化。

臺北市民之生活較其他市民、縣民是較有福氣的。而臺北市正在爭取聯合國組織之教科文機構（UNESCO）認定為世界設計之都，非常佩服為政者，為市民爭取榮譽。但若能在爭取之前，先除臺北市景「三髒」，更有利市民日常生活。哪三髒呢？一是攤販，二是招牌，三是電線。此三者嚴重破壞市景之美。若能在爭取之前先除三髒，必能引起市民之歸心，有利榮譽之爭取。因為世界設計之都的取決條件在於能否充分獲得市民之支持與參與。期望能爭取世界之榮譽而與民同享。

聞賢言總思追之

「我只是收款、送款而已，有何德、何功領這種感謝狀？」臺方與日方於二〇一二年六月一日在日本京都舉辦的日臺扶輪親善會議上，其中一個項目是要致贈感謝狀給臺方的扶輪領導者。其中一位受獎者林士珍理事長卻如此說。

當二〇一一年三月日本東邊發生災害——地震、海嘯、核爆時，臺灣的人民即時施與金援、物援、人援、聲援等，光是臺灣扶輪人就捐了二十億日幣（約新臺幣七億三千萬元）之多，使日本扶輪人感動於心，連連道謝。日方為了感謝臺方，擇定在雙方親善會議席上致贈感謝狀給臺方七位地區總監、紅十字臺中支會理事長以及臺方親善會理事長。

臺日扶輪親善會四年來在理事長林士珍領導下，一步一步增加會員、推動交流，腳踏實地前進，建立起「免除互贈禮品」的你我關係。林士珍理事長做事踏實，做人謙虛，並不以發動全臺一萬兩千名扶輪人慷慨捐款救災的豐碩成果居功，反而將功勞歸給臺方扶輪人。

林理事長說：「我剛好是居其位，有舉手之勞的機會。」

聽彼之言，心感虛懷若谷之偉大，而有追在其後學習之心志。

雙方親善會議，除了報告近況、表揚成就外，還有專題講演。講演者是日方扶輪人千玄室，是茶道老前輩，也是日本茶道始祖千利休第十五代後裔。現職為公益法人日本扶輪財團會長、聯合國教科文組織親善大使、日本國觀光親善大使，一向以泡茶和講演周遊於各國而推廣世界和平。心想臺灣如果有這麼一位公益親善大使，應是全民之福。

他在演講起頭就說：「在此向所有臺灣人表達誠摯的謝意。」千玄室大使的講題是「人與人的羈絆」，他舉一本書——《三杯茶》為例，並以其故事情節，點出人與人之間羈絆的形成與重要。

美國登山家翁摩頓森一九九三年攀登世界第二高峰時發生意外，與隊員分散而迷路，之後在巴基斯坦山區的偏僻村落被救起。村民遞給他一杯紅茶，這是第一杯茶。他享受到難以言表的溫暖——茶溫與人情，開始有了人與人的相互羈絆。

翁摩頓森發現村落裡的小孩，只能坐在骯髒的泥地上上課，村民窮得沒錢請老師，於是想改善村莊的教育環境，以回報村民。他回美國以講演方式募款，募得款項後購買文具帶回巴基斯坦。誰知教導小孩寫字繪畫之事卻被該村長老勸阻，因為村民不願改變目前的生活狀況。他一一說服村中長輩，終於獲得理解，開始著手設立學校。當校舍建造完成，他受邀到長老家裡。長老奉茶時說；「因為你出自善意完成建校工作，我想代替山神請你喝這杯茶。」這是第二杯茶，意味善意總算獲得對方理解。

校舍雖建，還需各種配套措施。他一心想將學校辦得更好，因此幾次回美募款，將募款所得全數用在學校教育上，如此漸有成果而獲信賴。他感恩回報的心願終於結成美好成果。村莊長老極為感謝他的援助，視其如己，乃請其喝紅茶。這是他所獲得的第三杯茶，證明已成為夥伴。

千玄室大使說：「第一杯茶表示人間有溫暖，第二杯茶表示受方的感謝善意，第三杯茶則表示雙方的心靈相通。」其故事點出人際溝通有多困難，也疑日本扶輪人與臺灣扶輪人是否可喝第三杯茶？由其言得知扶輪人應抱持超我服務精神，以促進社會和諧、世界和平。

在親善會的理事會與會員大會中，日方宣布已成立「希望之風獎學金」，協助二〇一一年三一一災難產生的不幸孤兒或遺兒繼續完成大學學業，按月給與生活費、求學費。此基金是匯集各國扶輪捐款，當然也包含臺灣扶輪人的捐款。

聽到日方運用捐款的具體方案，心中釋然而感安慰，這些災兒共有一千六百名，今後幾年臺灣的捐款將會持續支助遺兒或孤兒的學業或生活。

會中，人人桌上有瓶茶水，瓶外有綠包裝，印著廠家公開

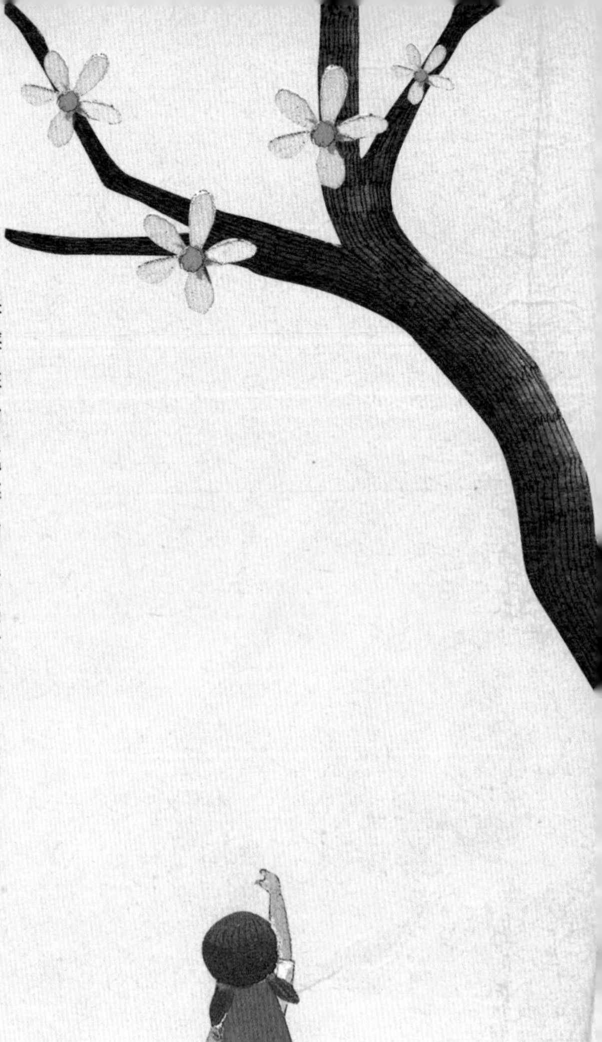

舉辦俳句比賽的得獎作品，試譯之以分享：

春海無音洗岸石
春曉彩水覆稻田
春風推人人推車

臺灣扶輪人與他國扶輪人的捐款推之又推之，成就「希望之風獎學金」，以嘉惠東日本災變遺兒、孤兒的生活，實具希望之和風。

在大會會場遇見帶有和風微笑的前二七九〇地區總監土屋亮平。不待我方開口，對方已鞠躬稱謝臺灣人之慈悲善款。其言八月將再捐櫻花樹苗一百五十枝，種植在臺灣的烏山頭水庫。如八月之行成真，則土屋個人就連續捐種櫻花樹苗三次，達四百五十顆。之前曾在烏山頭水庫對他戲言「無三不成禮」，他果真信以為實，成全三禮，而更令人高興者——他將帶高中生同行，前來瞻仰八田與一留在臺南的歷史作品。

讚之太感激時，土屋亮平前地區總監說：「我喜歡臺灣。有點錢就要捐出，讓金錢共有。」錢會貶值是常識，但錢屬共有則是鮮聞。錢有銅幣、紙幣。銅幣會發綠，紙幣會發霉，是否就是其所指私藏？不得而知，但知錢是流轉於人間，一人要獨藏其富就會貪心，而違反錢轉世間之流通功用吧！

雙方親善大會在歌唱〈扶輪如輪〉聲中結束。翌日與十五名同好前往觀光客難去的日本北陸，有宇治市的平等院，其創建已有九百五十九年；又去福井縣的永平寺，其創建已有七百六十年，是日本坐禪修行的第一個道場。據聞法鼓山聖嚴法師曾在此修行。永平寺之開山始祖為道元禪師。

道元禪師曾贈言給眾生，其一如下：

這一期的人生要如何活，是佛法的根本問題。長壽就會幸

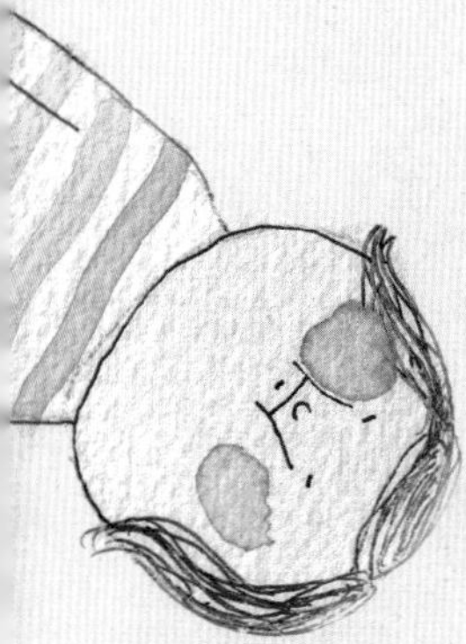

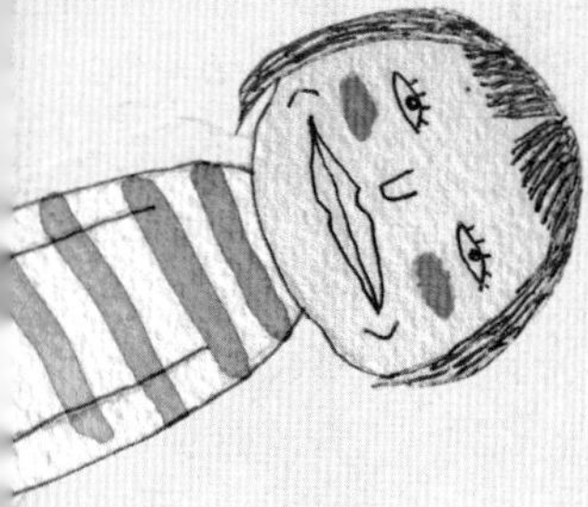

福嗎？未必。夭壽就是不幸嗎？也未必。問題在於如何過活。

人生無退休年齡，既無老後與餘生。在迎著死亡來臨的瞬間前就是人生的現役。人生的現役就是將自己的一生毫無後悔地活過來。在那裡沒有恐慌「老」或「死」，只有「老得尊嚴美麗」與「安寧的死」。

衣冠整齊則心會整齊，心能整齊則衣冠整齊。將脫下的衣冠安放，穿上時心不會亂序；如有人亂放衣冠，可默默為之放

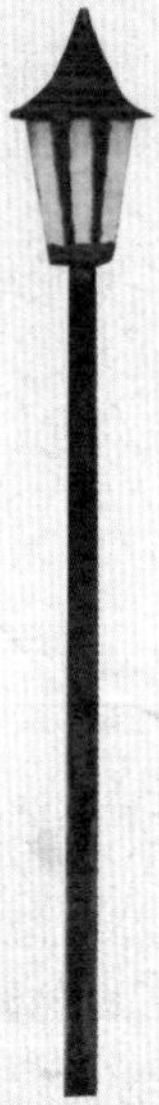

整齊，如此，天下人心將能安頓。

人的價值與地位、財產、職業毫無關係。只憑知識、能力來判斷他人會招來過錯。活用知識的心懷與行為才是要緊。人的價值來自於心懷與行為。

上述道元禪師之言，印在永平寺發行的小冊裡，要與之結緣可隨取，也可隨手捐助一個百圓銅幣。取來再三閱讀，可消氣去污，聞賢良之言，頓覺與淨山清水為伍。

由福井的永平寺前往金澤市的兼六園途中，有一市立偉人館，因好奇在臺灣受人尊敬的土木技師八田與一是否也是金澤名人，乃停車進館。該市之偉人館開館於十年前，展示有二十名金澤市出生的「支助日本近代化的偉人」。而八田與一正是其中之一。

該館館長出來迎接臺灣的扶輪人團。其言：「偉人館之建設在於讓市民了解前輩之豐功偉績。目前收支不能平衡，唯有咬緊牙關支撐下去。」這是教育，是文化，是使命。聞其悲壯之言，真感嘆臺灣的政府是否以教育民眾，傳承文化，負起使命來施政？

在該館內，八田與一被介紹為：「在臺灣建造了東洋最大的水庫與灌溉水圳，開發了嘉南平原。因潤澤了臺灣的大地，故被稱為嘉南大圳之父。」八田與一在八十年前建造的烏山頭水庫，就是如今土屋亮平前地區總監要捐款種植櫻花之東洋第一水庫。

金澤市之偉人館除了展示八田與一外，尚有三宅雪嶺、西田幾多郎、鈴木大拙、中西悟堂、蓮田修吾郎等對日本近代化有貢獻的金澤市民。臺灣各縣市的文化中心也可見賢思齊，傳承典範。

在該館陳列櫃中發現一本書，名為《愛上臺灣的日本人——土木工程師八田與一之生涯》。問館長可否購買存念，得其首肯，至感欣慰。

以金澤市為中心之日本北陸地方，是日本十五世紀戰國時代加賀藩前田利家稱霸之地。從金澤市到白川鄉一路風景宜人，尤其是參天古杉令人嘆為觀止。白川鄉一年中有近半年埋在冰天雪地裡，其著名於世者為合掌屋。日本人用餐前會合掌言謝，其合掌之意在感謝動物捨其命、植物失其命來延續人命。是故日本人頭上頂戴著自然之生命。

之後，一行人又前往日本社區營造成功典範之一的古川町。在古川町，飛驒市觀光協會為扶輪一團舉辦簡報。

聽其簡報知曉其社區演進可分為兩階段：前段在歧阜縣古川町時段，由村坂有造率領的一群熱血青年所營造的「招商不成而招人樂居」的四十年辛苦階段；後段則是與其他町村合併

成飛驒市古川町的現代，將基礎建在可樂居的山村。透過「古屋更新」吸引退休者或外國人來安居，其推動工作則是由外來的青年衝鋒陷陣。

為扶輪團做簡報的青年，講到一半時說：「我是外來者，我愛上古川町的自然，街景，人情。下個月會移居古川町，與古川町居民共同推廣樂居的社區營造工作。」外來者要與當地人共同工作，以建立樂土來安居，怪哉也偉哉！

前階段與後階段的社區營造振興故里的精神是一貫的，其旨不在經濟成長，而是在幸福增長，古川町及其鄰近的大正村、

惠那市、多治見市均在社區營造有特殊成就，值得外人效法。

從事古川町社區營造有四十年的村坂有造，曾說過「古川町必定是人居住的地方」。如今其志得以實現，可見立志有多重要。而其志需要有後人繼承。

在古川町有民間人士村坂有造呼籲居民共同推動村莊活化，使人樂居於此；而在其南方的多治見市，則有一位行政首長，以行政力量推動市政建設，期望市民以居住於此為榮。

在聽取多治見市市政簡報前，吾等先被安排去觀賞接待室及大廳牆壁的瓷塊彩畫。指著畫，古川雅典市長說：「這是本市市民的畫作。」語帶榮耀感。這兩個瓷塊壁畫使筆者思念起老畫家、老教育者顏水龍老師。日本的壁瓷畫家是「人間國寶」，日本政府真善於獎勵國民從事創作，而吾等政府則以疑來治理人民。同是亞洲人，同受儒家思想薰陶，何以會有此天壤之別？

「請各位不要稱呼我為市長，我只是市政的推銷員。」一聞此稱呼，鮮少有人會反感，可能會更產生同感，而樂於親近。古川雅典市長親自為吾等日思夜想社會服務的扶輪人進行簡報。他非常賣力地、簡單扼要地推銷多治見市的陶瓷產品、歷史傳統、美濃市景、綺麗山川、動人祭典、美饌佳餚等。他不斷地說，愈要推銷多治見市，就愈要建設多治見市。可見其把多治見市視為商品，一邊推銷商品品牌，一邊研究商品品質，不愧為城市行銷家。

實際上，多治見市是地靈人傑。先後出現了四位國家認定的「人間國寶」，均屬陶藝領域。中午在市政廳享用的河童鰻，亦是名聞全國的特色佳餚。人與物產一同綻放名聲，誠屬不易。古川雅典市長說，「四位國寶尚有兩位健在。河童鰻飯要趁熱氣尚有時快吃才好。」點出了人與物存在的價值。

在五天四夜的扶輪親善行上，聽到很多人的話語，這些話語不管是活生生的真聲或傳世的史冊，都給了吾等現場遊客或人生過客，有著深刻的悟覺或體會，旅遊總會增添自己些許人生價值。

保存傳統文化與推動社區營造的好創意

「多治見市除了即將到來的陶器展覽，八月份還有河童鰻戲水遊行，因為多治見市是日本最炎熱的城市，最高曾達攝氏四十度。十月有茶杯大廉賣及酒杯美術館展覽會，還有多治見夏天煙火大會，十一月則是多治見武將遊行。多治見市大大小小活動很多，歡迎各位再來觀光。」不愧自稱為市政推銷員，古川雅典市長為我們一行來自臺灣的扶輪人，滿腔熱情地推銷多治見市。

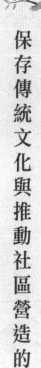

多治見市的超級市政推銷員

聽其言，可知多治見市的文化活動真不少。之後去市街觀察一番，感受歷盡滄桑卻依然保持古時風雅且屹立不搖的佛寺與神道院，還有多得不計其數的燒窯、文化工房、酒倉，以及市民創造館。多治見市民有豐富的文化平臺讓其生活、供其活動，難怪街景的文化素質高雅，又能產生四位國家認定的「人間國寶」。

多治見市是日本著名的美濃燒核心，古時為生產與交易中心，如今則為歷史資料、陶藝作品之保存展覽基地。延續文化傳統已有一千三百年，土火相容而創造的藝術已芬芳甚久。陶藝產業是多治見市歷久不衰且愈燒愈旺的主要產業，這或許是古川市長之推銷熱誠促成。

古川雅典市長為更加發揚市政，乃請前東京迪士尼總策劃師堀貞一郎撰文編冊，書名為《多治見物語——魔法の鉛筆》。其中有談陶瓷製作，有寫河童鰻與魔法鉛筆的故事。該書出版後成為兒童優良讀物，受到日本文部省表

▲ 多治見市長古川雅典在堀貞一郎（中）介紹下向國際行銷傳播經理人協會訪問團說明「古川市長是多治見市市政推銷員」。

揚，更有許多其他觀光地區仿效，將其當成觀光文宣，可見文化創意之劍及履及的威力與影響。

聽古川雅典市長之言，或可瞭解其施政是以兩個方向同時進行，一是舉辦各項文化活動，二是將傑出文化活動展示在文化活動館。如此動、靜間即為市民與觀光客展現文化特色。有幾人能有此市政行銷創意？

萬人湧進古川町看「醒人太鼓」

來多治見市之前，我們還去了升格為飛驒市的古川町。在飛驒市觀光協會簡報室裡，一行扶輪人聽取了與扶輪社區服務接近的古川社區營造行動準則。其要項有：

一、營造適於人民居住的社區。
二、居民公約需由每個居民遵守。
三、輪流清潔街道及瀨戶川。
四、分組保管神轎。
五、古屋更新需遵守景觀條例之規定。
意即居住及生活之平臺，需居民人人來維護而不假以行政之管理。

古川町有木匠文化會館、市民活動會館、太鼓存放館，在在保存其傳統文化，這些文化平臺均有輪值人員來看管。一公尺寬卻貫穿町中心之瀨戶川則養了千條錦魚，看錦魚優游在清澈如鏡的水溝中，就自覺臺灣的社區營造猶有努力空間。

古川町處在日本內陸，一年有四個月是白雪覆地。在每年四月十九日夜晚九點，全町居民會拿出大小圓鼓，在冰凍的冷天裡，由穿著丁字褲的男士來敲打巡街。鼓聲撼天震耳，告知町民春天到了，要甦醒春耕了。此一「醒人太鼓」活動為古川町僅有，且被政府界定

▲ 2012 年 4 月 4 日首次會面相識多治見市長古川雅典於東京帝國大飯店，此次係由吾友堀貞一郎所安排。

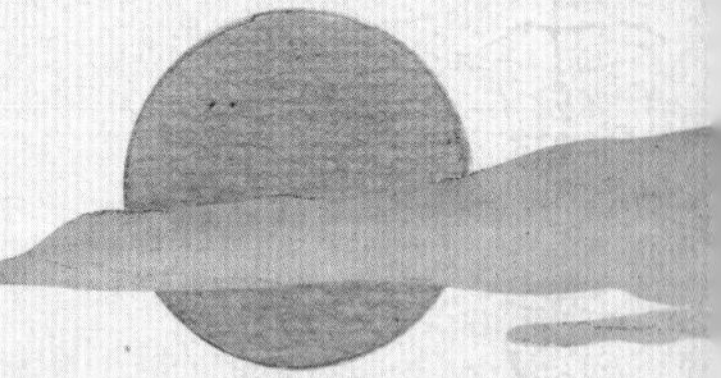

為無形文化財產。在只有一萬六千名居民的古川町，當晚會湧進約五萬人前來參加起鼓活動盛事。

著有《社區營造四十年》一書的村坂有造曾對筆者說，「要推動社區營造，最重要的就是居民要能同心協力整理居住的社區平臺。舉辦社區活動並非標新立異，要能將傳統文化列為優先。如能從老舊傳統綻放出新苗，才會有意義，而這種成果也應由社區居民一同分享。」彼所言由舊吐新，應是臺灣社區營造者所能認同的，只是，臺北市的都市更新何不募集能與社區打成一片的營造者參與？

巧遇能登舞祭的手舞足蹈

在古川町享受了一個圍爐晚餐，大家坐在榻榻米上等著烤魚生香，看著飛驒牛燒熟。用餐前還有雙手合掌，嘴說頂戴的虔誠動作，圍爐用餐與圓桌吃飯真是與臺灣灌醉填肚的晚宴大不相同。

來到古川町前一個晚上，是在和倉町的多田屋旅館度過的。前者在山麓，後者在海濱，看山望海皆嘆時光易逝，卻未有「治者樂山，人者樂水」之心思。和倉町在能登半島南邊，屬於聯合國教科文組織指定的世界自然遺產區域。多田屋面海，是和式平房，與名聞臺灣的加賀屋之洋式高樓比，更顯其清幽、賞心之特色。在聯合國教科文組織指定的世界自然遺產——近二百年歷史的日本旅館，看水波接二連三靜悄而來，實有無限奢侈浪漫感。

傍晚時分，我們一行人進能登，抵達和倉町時，雖被堵於貫道入口而前進不得，卻千載難逢地遇到地方上有特色的YOSAKOI舞祭活動。能登舞祭是以街道為平臺來獻出其歌舞，町民與外來觀眾或站或坐在路邊觀賞，舞者與觀者彼此近距離接觸易有共鳴互應。扶輪親善團專車東轉西彎，徐徐慢行，到處遇到震耳之喊聲，手足帶勁之舞姿，使臺灣客飽覽了好多歌舞團熱情參與的能登和倉YOSAKOI舞祭。

從歷史中打造城市風華的金澤市

在和倉町與祭神活動遊行不期而遇後，在金澤市也有緣地見識了「百萬石入城遊行」活動。

日本十六世紀戰國時代名將前田利家，因桶狹間之戰有功被織田信長封為能登之主。後建加賀藩於金澤市而為加賀藩主，被豐臣秀吉納為五大老之首，而領百萬石之地。當金澤築城成功，就率領武士、百姓進城，陣容壯盛綿延不斷。後人為紀念此進城活動，乃年年舉辦進城遊行。

二〇一二年這項活動在六月一日至三日舉行，找來電視演員一男一女扮演前田利家與阿松這對藩主夫妻。遊行路線長達三公里，遊行約有三千人，但沿途參觀者據說高達四十萬人。不要說遊行者會走得腳酸，就是參觀者也會站得腳痛。但酸痛是一回事，這個入城活動卻為金澤市帶來龐大經濟效益與文化傳承。

在金澤市巧遇加賀藩主進城遊行活動是意外插曲，其實，扶輪親善團來金澤市是另有目的。

八田與一是土木工程師，是建造烏山頭水庫、嘉南大圳，對臺灣極具貢獻的一位日本人。八十年前他任職於日本臺灣總督府時，負責規劃、施工烏山頭水庫與嘉南大圳，讓原是不毛之地的嘉南平原變成臺灣最大的穀倉，農民生活改善，人民得

以果腹。八田與一曾是臺北扶輪社的社員，這次臺北市三五二〇地區親善團遠道造訪其出生地金澤市尋人或許有不解之緣。聽說金澤市有偉人館，心想八田與一或許會是金澤市的偉人。

一行扶輪人一面有些不安，一面又懷期待地驅車前往。一進館便迫不及待詢問櫃檯人員，館內是否有八田與一的事蹟展覽？獲知有時，欣喜不已。館長感謝臺灣來客造訪，乃親領團員前往八田與一事蹟展覽處。該館內共陳列金澤市出生、對日本近代化有貢獻的二十位偉人，有哲學家西田幾多郎、禪學家鈴木大拙，而受臺灣人民尊敬的八田與一則以工程師入列其中。

金澤市設立偉人館想必是要瞻仰故里的豐功偉績前輩，也是立下標竿要後代子孫見賢思齊，其精神作用、教育意義大過於金錢收益。接待與導覽的館長苦著臉說，「雖入不敷出，但這是市政的重要措施。」館內櫃子擺放了一本《愛上臺灣的日本人——土木工程師八田與一之生涯》一書，詢問館方可否割愛，館方人員雙手奉來該書，乃購之以留紀念，但願能見賢思齊。

金澤市真會思念古人、紀念先賢，從年年舉辦首代藩主前田利家進城遊行活動，到設立本市出身而有貢獻的日本近代之二十位偉人館來看，彼等應是驕傲於金澤市這塊自己耕耘出來的生活平臺。日本人重視自己家鄉故里的營造，推而廣之，也愛惜先祖、現在自己這代及後代子孫。

五天四夜的扶輪親善活動，欣賞與感受到活動拉近人際關係的力量，不論是飯店、市街、園地等，都提供了凝聚的能量。而京都的扶輪親善會不僅提供兩國扶輪人的溫馨活動，也營造人間進步成長的文化平臺。

〔編輯後記〕

送給自己一隻「魔法鉛筆」！

文／葉雅馨（大家健康雜誌總編輯）

「魔法鉛筆」某個程度而言，像是阿拉丁神燈裡的精靈吧！可以完成願望。這是兩年前的一次拜年聚會，賴東明董事長與我分享的一個神奇故事。那次他告訴我，他日本的好友堀貞一郎，出版了《最上川物語》、《多治見物語》兩本好書的消息，也娓娓道出他們深厚的情誼及堀貞一郎精彩的人生。當知道堀貞一郎是東京迪士尼的催生者，讓我立刻憶起許多開心時光。

東京迪士尼一直是迪士尼海外最具代表性和細緻度最高的一個遊樂園。每回到東京，必走一趟迪士尼，隨著女兒的成長，我也看到園區的擴建與更豐富。每次去迪士尼樂園，我與女兒們都不會錯過「鬼屋」這個遊樂設施。一進入黑漆陰森、氣氛詭異的鬼屋，就會聽到一個渾厚的男聲，用誇張有點懸疑的口吻說出「歡迎來到鬼屋！」，讓人提心吊膽的準備這場刺激體驗。近日才知道，原來這段旁白就是堀貞一郎的親自演出，鬼屋這個設施也是他得意的創意代表作之一。

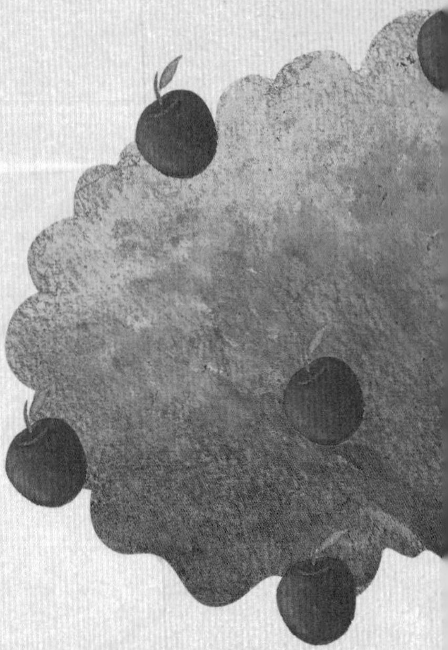

那次分享的書中也有一些質樸的插畫，很吸引人，同時讓我看到這個大師對社會的使命感，甚至用一種很創意的方式「拚觀光」，讓閱讀者對「最上川」和「多治見」兩地有特別的看見。我心想若這些好的事物，能讓更多人看到該有多好？

他把這兩地方景點，做了相當有內容和啟發故事的詮釋，如果到過多治見，一定會對美濃燒很有印象，而堀貞一郎大師在「河童鰻的夏天」、「時四郎的美濃燒傳奇」、「魔法鉛筆」三個故事裡，把製陶的文化和美濃燒的內涵，一一用精湛的故事說出。

那次之後，請我們編輯團隊評估出版的可能性，並積極請賴董事長協助取得版權及翻譯，也期望透過出版，分享這六個好故事給臺灣的孩子與家長。

賴董事長總是親力而為，我們修潤文章詞句時，遇到不懂的故事字句，他會逐一解釋。一開始的書稿只有六個故事，為讓書的整體架構和編輯調性更顯現，他增加了自己四篇與這六個故事發生地相關的文章。經過一次次的討論與發想，終於定調，將堀貞一郎大師因應觀光行銷所寫的傳奇寓言故事，抓取心靈啟發為主軸，再加入賴董事長的人生哲學，就成了這本書。

為讓書在編排上吸引讀者閱讀，我們請來國內知名的插畫家恩佐，為故事繪圖，找來暢銷書的設計家比比司，為整本書包裝設計。即使編輯的過程投入的時間比一般書籍更長，但一切都想讓廣告人出身的賴董事長，在《大家健康》雜誌出版的書有更好的風貌，符合他對設計與出版的要求。

也為了讓本書更引起共鳴，賴董事長也特別邀請他幾位好友，包括商研院董事長徐重仁、終身義工孫越、講義雜誌社長兼總編輯費文、法鼓山護法總會總會長陳嘉男、保保旅行社董事長戴啟珩為這本書推薦。

試想一本由日本的創意大師堀貞一郎與臺灣廣告教父賴東明激盪出來的書籍，會是什麼樣的魔法書？啟發你對生命更多美好的想望？現在你可以慢慢品嘗這本書，經歷一段生命的奇幻旅程！相信也會和我有一樣的想法，真想擁有一隻魔法鉛筆，實現想像。

好書推薦

隨心所欲
享受精彩人生

定價／320元

面對人生的困局，接踵而至的挑戰，該如何應對？在不確定的年代，10位70歲以上的長者，以自己的人生歷練，告訴你安心的處世哲學與生命智慧。書中可以學到生涯規畫、工作管理、心靈成長、愛情經營、生命教育、養生方法等多元的思考，讓自己更懂得安排人生的每一步，打造屬於自己的成功幸福人生。

沈春華（金鐘主持人）
林蒼生（統一集團總裁）
張小燕（綜藝教母）
梅可望（前東海大學校長）
陳藹玲（富邦文教基金會董事）
曾志朗（中央研究院院士）
戴勝益（王品集團董事長）
誠摯推薦

12位異鄉人
傳愛到台灣的故事

定價／300元

你願意把60年的時光，無私奉獻在一個團體、一個島嶼、一群與你「語言不通」、「文化不同」的人身上？本書敘述著12個異國人，從年少就到台灣，他們一輩子把最精華的青春，都留在台灣的偏遠地區，為殘障者、智障者、結核病患、小兒麻痺兒童、失智老人、原住民、弱勢者服務，他們是一群比台灣人更愛台灣人的異鄉人……

黃春明（名作家）
黃勝雄（門諾醫院暨相關事業機構總執行長）
洪山川（天主教台北教區總主教）
孫　越（終身志工）
丁松筠（光啟社副社長）
感動推薦

更多好書相關訊息請上 **facebook** 大家健康雜誌
歡迎機關團體、學校、讀書會大量訂購，另有專案優惠
請洽 02-27766133#252

生命的奇幻旅程：啟迪心靈成長的6個故事

故事原創／堀貞一郎
翻譯改寫／賴東明

總編輯／葉雅馨
主編／楊育浩
執行編輯／蔡睿縈、林潔女
插圖繪者／恩佐
封面及版型設計／比比司設計工作室
內頁排版／廖婉甄

出版發行／財團法人董氏基金會《大家健康》雜誌
發行人暨董事長／謝孟雄
執行長／姚思遠

地址／台北市復興北路57號12樓之3
服務電話／02-27766133#252
傳真電話／02-27522455、27513606

大家健康雜誌網址／www.jtf.org.tw/health
大家健康雜誌部落格／jtfhealth.pixnet.net/blog
大家健康雜誌粉絲團／www.facebook.com/happyhealth

郵政劃撥／07777755
戶名／財團法人董氏基金會

總經銷／吳氏圖書股份有限公司
電話／02-32340036
傳真／02-32340037

法律顧問／眾勤國際法律事務所
印刷製版／沈氏藝術印刷

出版日期／2013年2月初版
定價／新台幣350元
本書如有缺頁、裝訂錯誤、破損請寄回更換
歡迎團體訂購，另有專案優惠
請洽02-27766133#252

國家圖書館出版品預行編目資料

生命的奇幻旅程：啟迪心靈成長的6個故事／
堀貞一郎故事原創；賴東明翻譯改寫. --初版--
臺北市 董氏基金會《大家健康》雜誌.2013.02

ISBN 978-986-85449-6-3（平裝）
861.57　　　101027800